灼眼のシャナ

高橋弥七郎
イラスト／いとうのいぢ

JN054207

Design・Yoshihiko Kamabe

フレイムヘイズ“炎髪灼眼《えんぱつしゃくがん》の討ち手”
——シャナ
「悠二、ぼうっとしないの！」
池速人
田中栄太
緒方真竹

クラスメイト——吉田一美
「どうして、私ってこうなの……？」
『存在亡き者』——坂井悠二
「う、うん……」

「……なにを、するの？」

謎の少年――カムシン
「あなたは、知っているのですか？」

悠二の母——坂井千草
「もう少ししたら、花火が始まるわね」

「吉田さん、あっち見てみようよ」
「はい！」

灼眼のシャナVI

プロローグ

吉田一美《よしだかずみ》は、ベッドの上、掛け布団《ぶとん》の中、体を小さく丸めて一心に思う。一人だけの暗闇《くらやみ》に閉じこもり、息を潜《ひそ》めて心から願う。

（きっと、きっと大丈夫）

丸まる彼女が胸の前で力いっぱい握った両掌《りょうて》、その中にある『物』に、ありったけの想いを、尽きず溢《あふ》れる想いを、全《すべ》て注ぎ込む。

（お母さんも、お父さんも、健《けん》も、大丈夫だった）

目を瞑《つむ》って、丸めた体の中心に全てを凝《こ》らすその姿は、祈りそのものだった。自分の前に示された選択肢《し》である『物』を胸に抱《いだ》き、真摯《しんし》に祈る。

（だから、緒方《おがた》さんも、晴美《はるみ》ちゃんも、笹元《ささもと》君も、中村《なかむら》さんも、谷川《たにがわ》君も）

受け入れるには重すぎる、理解するには大きすぎるものの中、なにを知るべきか、なにを知らざるべきか……その結果としてなにを守るべきかを、深く深く考える。

（池《いけ》君も、佐藤《さとう》君も、田中《たなか》君も）

そして、その懊悩《おうのう》と複雑に絡《から》み合い、のしかかってくる、一つの問いかけがあった。
気持ちは決まっていた。気持ちだけは、とっくに、決まっていた。
(ゆかりちゃんも)
明日《あした》、ここから踏み出す、と胸の中で唱える。
自分の全《すべ》てを試すために、と胸の中で唱える。
自分が、どんな世界を望んでいるのかを決め、そして選ぶのだ……そう、唱える。
(坂井《さかい》君も、きっと……)
明日が人生最良の日でありますように。
自分が『良かれ』と思い、選んだ結果が、皆にとっての幸せでありますように。
心から願いつつ、真摯《しんし》に祈りつつ、吉田《よしだ》一美《かずみ》は眠《ねむ》りの中に落ちていった。

1　切望

夏休みを数日後に控えた最後の体育授業は、水泳だった。

うだるような暑気《しょき》も焼け付く日差しも、プールという魔法の装置の中にいると、快適さの一要素に変わる。肌に跳《は》ねる水滴が乾いていく感触は、なんともいえない真夏の喜びだった。

「……」

陽光の反射する水面を、吉田一美はスタート台の上から真剣な面持《おもも》ちで見つめる。前を泳ぐクラスメイトは、もう十メートルのラインを越えていた。飛び込んでもいい頃合である。後ろに並んでいる者はいない。じっくりと足の位置を決める。

一息、吸う。

水泳帽《ぼう》に締め付けられた額《ひたい》で、形のいい眉《まゆ》が僅《わず》かに勇《いさ》められる。

しなやかな動線を描いて全身をかがめること半秒、鋭く跳躍する。

まるで清水《しみず》の流れ落ちるように、音をほとんど立てず、浅く遠く水面下に潜《もぐ》り込む。

理想的な飛び込みだった。

運動に火照《ほて》った体の熱が一気に水に持っていかれる、その心地よさを全身に感じる。

飛び込みで乗ったスピードの衰える寸前に、しっかり伸びて水を蹴《け》る足が、意外に力強く水を掻《か》く細い腕が、クロール泳法を形作る。

飛び込み同様、見事に整った姿だった。

呼吸のため顔を横に上げると、泡《あわ》と陽光の踊る視界が一気に開ける。

瞬間、

「ぎゃー！　うっぷ、来るな来るなっ！」

「あは、はは、おわ」

「なにやってんのよー」

「もう、そろ、そろ、代わってよーっ、タッチ!!」

「うげっ、誰だよ押したの」

「わはは、なーにやってんだ笹元《ささもと》ー」

飛び込み時は集中していて聞こえなかった、まるで爆発のような歓声の塊《かたまり》が、耳に飛び込んできた。それは、またすぐ水に遮《さえぎ》られ、くぐもった音に変わる。

吉田一美《かずみ》は、水泳授業の自由時間を、プール端《はし》に設けられた自由競泳コースで過ごしているのだった。競泳と言いつつも、張られたコースロープは、このコースを区切る一本だけで、あとは全面開放されている。そちらでは今、数十人からの生徒が絶叫と水音の中、揉《も》み合って遊んでいた。

市立御崎《みさき》高校では、水泳に限って二クラス合同授業の二時間連続、という形式で行われている。着替えや移動、入れ替え等の手間を省くためである。しかし、夏休みを目前に控えた授業に、果たすべきノルマや課題などあるわけもない。

体育教師は準備体操を念入りにさせた後、早々に自由時間を取った。調子のいい生徒たちは彼を大声で囃《はや》したが、とある授業でとある生徒に酷《ひど》い目に遭《あ》わされたことのある彼は、やはりこのときも苦々しげな顔で、

「潜水《せんすい》している奴《やつ》に気をつけろ。踏むな、蹴るな、動いているか確認しろ」

と基本的な注意事項を通達しただけだった。

自分たちの時間を浪費されることを極度に嫌う生き物である生徒たちとしても、教師のそんな態度はむしろありがたい。

体育教師の方もこの数ケ月、恐々《こわごわ》と授業を続ける内に、そんな生徒たちの生態を理解するようになっていた。これは彼に限らず、市立御崎高校一年二組のとある生徒に関わった教師に見られる変化だった。大筋、非効率と理不尽《りふじん》をなくすというだけの変化ではあったが、実はそれこそが生徒にとって最高の授業の形なのだった。

今はまさに、その典型のような光景である。

前後の集合や体操など、必要なときには規律を守らせるが、課題のない今のような空《あ》き時間

は自由にさせる。泳ぎたい者は自由競泳コースで泳がせ、遊びたい者は残ったコースのロープを取り払って遊ばせる。競泳コースが一つしかないのは、遊びたい者が大半だったから。

そんな原理の明快な自分の授業を、実は生徒たちが評価し楽しんでいることに、負い目と恐れに囚《とら》われている体育教師は気付いていない。幸か不幸か。

吉田《よしだ》一美《かずみ》は、この自由時間をひたすら競泳コースで泳ぎ、潰《つぶ》している。

水泳は、運動全般の苦手な彼女が例外的に得意……というより好きな競技だったし、人見知りの激しい彼女には大勢の、しかも別クラスの生徒たちに混じって遊ぶという行為は難しかった。クラスメイトに『スタイルが良い』と指摘されてからは、そういう意味での注目をされることも怖かった。

だから、ただ泳ぐ。

「つはあ!」

息継ぎのため、水の上にまた顔を上げる。そしてまた水に顔をつける寸前、一人の少年の姿
——誰かに押されて泡《あわ》を食っている——が、追っているわけでもないのに自然と目に入る。

熱くなった顔を冷たい水の中につけられることを幸いに思ってしまう、そんな情けない自分を恥じつつ、それでも想う。

(……坂井《さかい》君)

坂井悠二《ゆうじ》。

市立御崎《みさき》高校一年二組のクラスメイト。

とても優しい。

柔《やわ》らかく笑う。

大変な照れ屋（自分が言えたことではないが）。

なにか誤魔化《ごまか》すときには遠くを見るふりをする。

特別なにが得意というわけでもないが、よく他人をフォローする場所に立っている。

名案を出すときもあれば失敗するときもある。

おふざけ以上に人に嫌われない。

そんな、少年。

自分が好きな、少年。

（坂井君が、好き）

痛いほどに強く胸を締め付ける気持ち。

それを、彼に伝えると決めた。

そう、宣言した。

数日前、一人の少女に。

自分の弱さへの怒りが火をつけて、その勢いから胸の中にあった気持ちが表に出て、自分と同じく坂井悠二を好きな少女に、いつもなら相対するだけでも気圧《けお》されるような少女に、はっきりと宣言した。

(――「私、坂井《さかい》君にもう一度、今度こそはっきり自分の口で、好きです、って言う」――)

自分でも驚くほど確かな声と心で、そう宣言した。

そのときは、恐れも動揺も、全く感じなかった。坂井悠二《ゆうじ》への強い気持ちが自分の全《すべ》てを支えている、彼への気持ちを曖昧《あいまい》なまま誤魔化《ごまか》しているような少女に負けるわけがない、そんな異常とも言える高揚《こうよう》の中にあった。

彼女に、その場では勝った、と思う。

(でも)

それは根本的な意味で、価値のない勝利だった。

坂井悠二に好きだと言う、その肝心《かんじん》な行為は、未だ果たされていないのだから。

ライバルとの力関係で優勢に立ったからといって、今まで躊躇《ちゅうちょ》し、恐れていた行為をすんなりと行えるわけではなかった。決心に決心を重ね、一歩ずつ近付いているようには思うが、乗り越えるべき心の壁は、まだ自分を厚く取り囲んでいる。

(でも)

あの日の、熱い気持ちが表に出た勢いのある内に、例えば下校するときにでも、無理矢理に告白してしまえば良かった……そう、今さらのように後悔する。

(でも)

怖かった。

決定的な選択を相手に強《し》いて、今ある関係さえ壊《こわ》れてしまうことが。

(でも)

怖い。

自分が躊躇している間に、あの強い少女が先に坂井悠二に告白してしまうことが。

それら恐れと恐れの間で立ちすくみ、行き場のない気持ちが胸の中を暴れ回る。身動きができない。臆病《おくびょう》で身勝手な悩みだと分かっていても、どうしようもなかった。

(でも)

きっかけを探していた。

なにか、坂井悠二と近くで触れ合えるようなきっかけを。

弱くて情けない自分が、思い切って彼に告白できるようなきっかけを。

(でも)

あの宣言以来、ライバルである少女は坂井悠二の傍《かたわ》らで多くの時間を過ごすようになっている……ような気がする。そうでなくても、この四月からほんの三ヶ月の間、彼女はどういうわけか坂井悠二と行動を共にすることが多くなっていた。特別親しくなるような出来事があったのかどうか、自分は知らない。

(でも)

二人の間にはなにか、確かで強い結びつきのようなものを感じる。一緒にいることが自然に映るような、二人を一つの風景として感じさせるような、そんな不思議な結びつきを。

それを思うと、胸の奥が鉛《なまり》を呑《の》んだように重くなる。

(でも)

一方で二人には、仲良くすることに抵抗を感じているような面もあった。照れというだけでない、拒絶にも似た微妙な距離を、その間に感じることができた。

それを思い、なんとか気持ちを奮《ふる》い立たせる。

「つはあ!」

考えている間に、何度目かの息継ぎのため、顔を上げる。

そして今度は、反発や怒り、悲しみの入り混じったような気持ちが生まれる。一人の少女の姿——小柄《こがら》な体を水の中でも軽やかに動かしている——が目に入ったことで。

(……ゆかりちゃん)

平井《ひらい》ゆかりを名乗るフレイムヘイズ……世界のバランスを守るため、異世界の住人〝紅世《ぐぜ》の徒《ともがら》〟を討滅《とうめつ》する異能者が、プールから湧《わ》き立つ歓声の中に紛《まぎ》れている。

見た目もせいぜい十一、二という小柄な少女の姿をしたそのフレイムヘイズ、御崎《みさき》市で得た通称『シャナ』は、ろくに足も付かない水の中、背後から近付いた男子生徒の手を、軽快な動きでかわした。

「平井さん、うまい！」

「くっそ、うぷ」

「あはっ、ヘンタイ辻《つじ》君ハズレー！」

「中村《なかむら》後ろっ！」

「わ、ひゃ!?」

騒ぎの中から、すい、と水を掻《か》いて離れる。幼くも押しの効いた凛々《りり》しい顔立ちには、僅《わず》かに茶目っ気のある笑みが浮かんでいた。

（結構、面白《おもしろ》いかも）

水泳帽《ぼう》から伸びた、赤いリボンでまとめた髪を腕に絡《から》めて、背泳ぎの体勢になる。足だけで水を掻き、生徒たちの揉《も》み合いから少し離れる。当然、周囲への警戒も怠らない。

この、『複数鬼《おに》ごっこ』というらしい競技について思いを馳《は》せる。

（まず、鬼と称される敵手を三人選び、広いが動きにくい水中で追跡させる）

と、正確に規定する。

（そして、掌《てのひら》による接触を殺害と見做《みな》し、その殺害された者が今度は鬼となる）

実際の情景を見ながら、傾向を分析する。

（一人の鬼《おに》に目を奪われていると、その隙《すき》に別の鬼に襲撃されるから、常に全体の戦況に気を配る必要がある）

「中村鬼《なかむら》！　中村鬼！」

「もー、教えて、くれない奴《やつ》に、おしおきー！」

「うわおっ！」

「谷川《たにがわ》、も一人、後ろー！」

ある程度の距離を取ると、全体の光景を改めて観察し直す。

（ああやって周囲の者が、口で警戒のための情報を送ってくるけど、タイミングが遅れたり、わざと虚偽《きょぎ》の警告をしたりするから、やっぱり自身で戦況を把握しておく必要がある）

実は自分もさっき一度だけ、二人の鬼を視界に置いている間に、残る一人に背後からの強襲を受け殺されてしまった。身体能力を常人レベルまで下げているとはいえ、我ながら不覚だった。もちろん、そのすぐ後に、しっかり別の生徒を殺して（自分を殺した元・鬼は殺してはいけないというのが決まりだそうだ）鬼を交代してはいるが。

これは『鬼ごっこ』という競技の派生型であるらしい。『鬼ごっこ』なるものを知らない、と言ったら、クラスメイトたちに驚かれた。

フレイムヘイズの使命遂行《すいこう》に不要な事柄を、自分は何も知らない。

そのことを、この御崎《みさき》市に定住して二ヶ月強の間に何度も教えられた。引け目や劣等感はない。むしろ知らないことに接する楽しさばかりがある。

（楽しさ？）

そんなもの、ここに来るまでは甘《あま》いものを食べることくらいでしか感じたことがなかった。

というより、全く興味を持とうとはしなかった。

自分は、フレイムヘイズとしてある。そう骨の髄《ずい》から形作られているため、それ以外があることに注意を払わなかったのである。事実、知らなくても不都合はなかった。

フレイムヘイズとして〝紅世《ぐぜ》の徒《ともがら》〟と戦い、世界のバランスを守る。その使命への誇りと熱意は、楽しさなどという感情以前の、自分そのものである。なにを知ったところで微塵《みじん》の揺るぎも翳《かげ》りも表れはしない。ただ、ここで暮らしていると、違うものが少しずつ、それらを囲んで積み重なっていく。

（なんだろう）

奇妙な気持ちだった。

背泳ぎの姿勢のまま、自分の平坦《へいたん》な胸を見つめる。

常にその位置にあるべきペンダント〝コキュートス〟が、今はない。

自分との契約の元、身の内にあり、フレイムヘイズとしての力を与えてくれている異世界の魔神《まじん》〝天壌《てんじょう》の劫火《ごうか》〟アラストールの意志を表出するための神器が、ない。

これは、さほど校則にうるさくない御崎高校でも、さすがにプールにまでペンダントを持ち込むわけにはいかなかったからである。それ以外に意味のある状態ではない。

なのに、彼が胸の上にいないことになぜか、小さな罪悪感があった。

(しようが、ないじゃない)

言い訳のように思った。

学校指定の水着は、女生徒には非常に評判の悪い、丈夫さだけが取り柄という布面積の大きな型の物だったが(このときクラスメイトから、『古臭くて美的感覚がなっていない』＝『ダサい』なる言葉を教わった)、さすがにペンダントの鎖《くさり》を隠せるほどではない。その本体部である黒い宝石も、水泳授業が始まる前、実際に着て隠せるかどうか試そうとしたところ、

「ははは、そりゃ試すまでもないだろ。もし胸に入れたら、そこだけ盛り上がるぼぁっ!?」

と一人の少年に指摘もされた。ちなみに、語尾の叫びは自分がぶん殴《なぐ》ったためである。

(……なにが……)

余計なことまで思い出して、ムッとなった。

ぶん殴ったのは、少年の声に小馬鹿《こばか》にしたニュアンスがこもっていたことへの反射だが、胸の大きな子が男子に好かれる、とクラスメイトに聞いていたからでもあった。どうでもいい、と聞き流したはずの言葉が、しかし何故《なぜ》かそのとき蘇《よみがえ》って……ムカッと来た。

そこから顔を逸らして、不愉快な指摘をした少年の姿を、目線だけで探す。

彼は今、プールの中ほどで二人の鬼《おに》から挟《はさ》み撃ちに遭っていた。一人は避《よ》けたが、やっぱり

平井

もう一人の接近には気付いていな――ああ、やられた。これで競技の開始から通算、四度目の鬼《おに》だ。自分が毎朝付き合ってやっている鍛錬《たんれん》の成果だろう、体捌《さば》きは幾分かマシになっていたが、水中という悪条件が付加されると全然駄目《だめ》だ。

理不尽《りふじん》な腹いせとして、くすりと笑う。

(……バカ)

坂井悠二《さかいゆうじ》。

身の内に〝紅世《ぐぜ》〟の宝具《ほうぐ》を宿した特別なトーチである〝ミステス〟。

貧弱で頼りない。

ヘラヘラ情けない顔で笑う。

こっちが強く出るとすぐ腰が引ける。

なのに、ときどきとても意地悪になる。

封絶《ふうぜつ》の中にいると顔が青くなる。

ろくに戦えもしないくせに、意気込みだけはある。

度胸はからっきしだが、いざ腹を据《す》えると、とんでもなく冷静になる。

急場に際して、いきなり頭が切れるようになる。

思いもよらない機転を利かせたり作戦を立てたりする。

夜の鍛錬で指先を握ると、必ず親指で、こっちの親指を押さえる。

身の内に宿す秘宝『零時迷子《れいじまいご》』の脈動と回復の時間を感じられるようになった。

でも、〝存在の力〟を繰るには、まだまだ訓練が必要。

早朝の鍛錬でぶたれる回数は、それなりに減った。

攻撃を避けるとき、右足から下げる癖がある。

ちょっと上達すると、すぐいい気になる。

朝風呂では、湯船《ゆぶね》を使わないらしい。

セロリを食べると凄《すご》い顔をする。

交通量によらず信号を守る。

チョコレートは大好き。

マシュマロは大嫌い。

そんな、少年。

いつの間にか、たくさん、たくさんのことを知るようになった、少年。

(やっぱり悠二も、大きい方が……いいのかな)

彼のからかいの言葉を再び思い出して、また水面とほとんど平行な胸を見る。

自分は〝紅世《ぐぜ》の王〟に人間としての全《すべ》てを捧げ〝王〟の力の器・フレイムヘイズとなった。

この存在から広げ、大きくなるはずだった未来を失った、不老の、成長しない、体。

彼のことを好きだと言った、彼に好きだと言うと宣言した少女は、自分と違って——

(‼ ば、馬鹿馬鹿《ばか》しい!)

思った内容、それが意味すること、自分がそんなことを思ったという事実、全《すべ》てを振り落とすように、首を左右に回して水飛沫《しぶき》をバシャバシャと飛ばした。

その中で、誰に注視されているわけでもないのに、さり気なく盗《ぬす》み見るような形で悠二《ゆうじ》の姿を追う。彼の視線の向きを確認する。

まず、プール端《はし》のコースに、その、大きい少女……吉田《よしだ》一美《かずみ》の泳いでいる様が見えた。

そして悠二は、『複数鬼《おに》ごっこ』の鬼になっているのだから当然だが、そんな彼女を見つめたりはしていない。どころか、すぐ後ろを通り過ぎていることにさえ気付いていないようだった。

なんとなくほっとする。

思えば、さっき一度鬼に殺されたのも、こんな確認などをしていたせいだった。この時間に限らず、最近そうすることが多くなった。

なぜそうするのかは、よく分からない。

いつからそうするようになったかは、よく分かっている。

吉田一美の、あの宣言以降だ。

(──「私、坂井《さかい》君にもう一度、今度こそはっきり自分の口で、好きです、って言う」──)

彼女の実行を恐れている。

なのに、なにもできない。

今まで自分は、我が身を脅かす要因があれば、的確に分析し、適切に対処し、速やかに解決してきた。澱《よど》みも滞《とどこお》りも、無論のこと迷いなどもなく。

なのに、今度のことでは、悠二のことでは、なにもできない。

どうにかしたいと、強く強く思っているのに。

どうすればいいのか、分からない。

(なんだって、こんなことで)

それは、フレイムヘイズが使命を果たす上で、無用どころか有害とさえ言える、余計な関わり合い……士気の維持を危うくし、多くの時間を拘束《こうそく》される行為、『生活』の産物だった。

(それなのに)

実は数日前、御崎《みさき》高校に居続けるべきかどうか、アラストールと話し合った。

そもそも自分は、〝ミステス〟坂井悠二をとある〝紅世《ぐぜ》の王〟から守るため、この高校に潜入した。

具体的には、悠二の隣席にいた『平井《ひらい》ゆかり』という少女の〝トーチ〟――この世にあるための根源の力・〝存在の力〟を〝紅世《ぐぜ》の徒《ともがら》〟に喰われた人間の残り滓《かす》であり、またその欠損の害を和らげるための代替物《だいたいぶつ》――に自分の存在を割り込ませることで、彼女に偽装《ぎそう》した。

それは特別利点を考えたわけでもない、悠二の至近《しきん》にたまたまトーチを見つけたことで思いついた、気まぐれな一つの措置《そち》に過ぎなかった。

しかし、悠二を狙《ねら》っていた〝紅世《ぐぜ》の王〟は、数ヶ月前に討滅《とうめつ》している。ここに居続ける必要性は、とうの昔になくなっていた。

この仮初《かりそめ》の身分も、自分が望めば消えてなくなる。

他人の記憶、自分の痕跡《こんせき》、全《すべ》て。

平井《ひらい》ゆかりという存在は、本来のトーチとしての機能と効果の通りに、〝存在の力〟を失った人間がそうなるように、最初から居なかったことになる。

つまり、自分がいなくなることへの不都合もない。

なのに、アラストールと話し合い、出した結論は『現状維持』だった。

そして、お互いに、それを不自然とは思わなかった。

(そういえば)

アラストールは、フレイムヘイズと契約する〝紅世《ぐぜ》の王〟の中でも、指折りの使命感と誇りの持ち主である。そんな彼が、今の平坦《へいたん》で戦いもない生活を切り上げろ、と言わない。考えてみればおかしな話だった。

自分がそんなことに溺《おぼ》れたり惑《まど》ったりはしない、と信頼してくれているのだろうか。それとも他《ほか》になにか、別の理由でもあるのだろうか。

それを訊《き》こうにも、今の自分の胸元には、ペンダント〝コキュートス〟がない。

(どういうことなん痛っ!?)

ごつん、と水泳帽《ぼう》の頭頂を、プールサイドにぶつけてしまった。

(なーにやってんだか、平井ちゃんは)

カラカラに干《ひ》からびたプールサイドに座った田中栄太《たなかえいた》は、見るでもなく見ていた少女のハプニングに苦笑した。頭を抑えながら、誤魔化《ごまか》すように水に潜《もぐ》る少女から目線を外して、首の力を抜く。

帽子《ぼうし》を外した短髪の後頭部を、校外からの覗《のぞ》き防止用のアクリルボードに軽くぶつけて、真夏の空を見上げた。ボードに持たせかけた背が、火傷《やけど》しそうなほどに熱くなっている。今日はほとんど泳いでいないので、体も冷えていない。濡《ぬ》れた髪も体もとっくに乾いて、肌が焼けそうだった。日焼けに気を遣《つか》っているわけでもないから、真っ黒になってても構わなくはあるが。

どうにも力の入らない鈍い気持ちの中、見上げるのは雲一つない豪快《ごうかい》な晴天。

真昼の、白みがかった蒼穹《そうきゅう》の中心には、全ての色を奪う巨大な輝きが居座っている。

「……」

大造りで愛嬌《あいきょう》のある顔の中、特徴的な細い目をさらに細めて、その輝きを直視しようと試みる。しかし、眩《まぶ》しいものはどうしようもなく眩しくて、見ることはできなかった。

「……ふう」

憂鬱《ゆううつ》の凝《こ》ったような息を吐《は》く。別に水泳の授業が嫌《いや》なわけではない。どころか、体育全般は得意中の得意である。大柄《おおがら》だがスリムな体格には、無駄《むだ》な贅肉《ぜいにく》も筋肉もなかった。悩みの理由は、他《ほか》にある。

と、見上げていた太陽を、人影が遮《さえぎ》った。

「なにダラけてんの、田中《たなか》？」

「あー、オガちゃんかぁ」

スリムで背の高いクラスメイトの少女が、彼の前に立っていた。

緒方真竹《おがたまたけ》、通称『オガちゃん』である。

女子バレー部に所属する、しかも一年生でレギュラーというスポーツ少女である。その『可《か》愛《わ》い』というよりは『格好いい』に分類される整った顔立ちや、名前どおり竹を割ったようにカラッとした性格から、男女分け隔てなく好かれていた。

「妙にボーっとしちゃってさ。いつもつるんでる佐藤《さとう》が休みだと、元気も半分なわけ？」

ポンポンと軽く言葉を投げつけてくる緒方に、田中はやはり気の抜けた声で答えた。

「いや、そういうわけ……あるかもなあ」

元気が取《と》り柄《え》という少年の弱々しい答えを、緒方は意外に思った。

「嫌《いや》なことも半分ずつに分けられるし」

「……なんかあったの？」

言って緒方は、田中のすぐ隣に腰を下ろした。男女の距離の近さを気にする風もない。ざっくばらんな性格なのである。

そんな彼女と気の合う田中も同じく、彼女に対してはその手の緊張を持たない。

「あったというか、できないというか」

どうにも要領を得ないので、分かることから訊《き》いてみる。

「昨日《きのう》から佐藤が休んでるのと関係あるの？　少し前、よく一緒に休んでたでしょ？」

田中と常につるんでいる友人、『いちおう、美を付けてもいい少年』と女生徒の声も微妙に高い佐藤啓作《けいさく》は、昨日から病欠している。

しかし、田中は首を振った。緒方の言うように、少し前まで二人して学校を休んでいたとき、彼と行動を共にしていたのは事実だが、とりあえず今回は意味合いが違う。

「いんや、あいつの休みはたまたま。夏風邪《かぜ》ってのも本当だよ。でも、そうだな、関係あるといえば、あるかもな」

やはりハッキリとしない答えに、緒方は少し苛立《いらだ》った。

その微妙な変化を見て取った田中は、にやりと笑って茶化《ちゃか》す。

「ほほ～う、休んでる佐藤君のことが気になりますか、オガちゃん？」

「バァカ」

緒方は笑って肩を突き飛ばした。

「うおっと!?」

(ホントに、バカ)

突き飛ばして、そして軽く落胆《らくたん》する。

よろけて反対側に手を付いた田中《たなか》は、そんな彼女の、少し心配そうな声を聞いた。

「その、一人になったら重苦しい雰囲気になる癖《くせ》、治ってないね」

「そーか? 自分じゃ、かなり明るくなったと思うんだけどな」

「まあ、ね……」

「……」

ジリジリと肌を炙《あぶ》るような日差しの中で、お互い一瞬だけ、沈黙する。佐藤《さとう》も加えた三人は中学時代、一緒のクラスだった。

緒方《おがた》は、暗い雰囲気や人間が嫌いだった。特に、佐藤とともに荒れていた頃を思い出させる暗い田中が、大嫌いだった。だから、できるだけ陽気に声をかけた。

「じゃあ、明るーく更正した田中クン。このナイスバディ見て、なにか言うことない?」

緒方はわざとらしく、色っぽいポーズを取る。

「ほほーう」

田中もわざとらしく、顎《あご》に手を当ててその姿を審美する。

バレー部員としての地道なトレーニングの賜物《たまもの》である、しなやかかつ力強い脚線と、見事に

緒方

引き締まったウエスト、水滴を弾く、案外色白な瑞々《みずみず》しい肌……

「ふむふむ、悪くない」

やや鼻の下を伸ばしつつ、田中《たなか》は偉《えら》ぶった口調で論評する。

緒方《おがた》は鼻高々になるが、

「しかし、パッド入りというのはいただけませんねえ、オガタマタケ君」

という田中の図星《ずぼし》に、

「うっ！」

グサッとナイフで刺されたように、平均的豊かさを持つように見える胸を押さえた。

「なな、な、なんで？」

「ふふふ、胸には少しうるさい男なのだよ……ほーら、見たまえ」

田中は顎《あご》に手をやったまま、ことさら偉そうな口調でプールの端《はし》を見やった。自由競泳コースのスタート台に腰かける形で、一人のクラスメイトが休憩《きゅうけい》している。

遠目にも分かる起伏に富んだラインが、強い陽光の中で紺《こん》色に浮かび上がっている。特に名札の縫《ぬ》い付けられた、彼らが問題としている部位……平たく言うところのバストが目立った。

「あれが天然物の見事さというものだ、オガタ君」

「……アレは普通、負けるでしょ」

比較対照の不適格さにブーたれる緒方を、田中は明るく笑い飛ばした。

「ナハハ、ジョーダンだよ、ジョーダン。パッドのことも、佐藤《さとう》の奴《やつ》に聞いたネタ。水着にも入れられるタイプがある、ってな。カマかけただけなんだけど、やっぱりか」

緒方は吐息《といき》とともに、前屈《ぜんくつ》の形に体を折り曲げた。伏せた下で笑い返しつつぼやく。

「あ〜あ、見破られてたのか〜」

「そう落ち込むなって。デガけりゃいいってもんでもないだろ？」

（……んな言って、一美《かずみ》のいるトコはしっかりチェックしてたくせに……）

「気にすんなよ。どーしようもないことってのは、あるもんだ」

と、急に田中の声から笑みの成分が消えた。

「？」

緒方は伏せていた顔を上げた。

田中は遠くを見ていた。その表情に暗さはないが、どことなく怖い雰囲気があった。

「なあ」

一瞬ドキッとするほどの、真剣な声が来た。

「どうにもならない壁があって、でも、それを絶対に突き破りたいとき……どうすりゃいいと思う？」

「なに、記録かなんかの話？」

と、緒方は運動部らしい答えを返す。

「なんだろな。うまく説明できん」

腕を組んで田中《たなか》は唸《うな》った。

その芝居っ気のある仕草《しぐさ》の影に深刻なものを感じて、しかし緒方《おがた》は軽く励ました。仕返しに見せかけて、からかうように。

「やめときなって。向いてないよ、深刻ぶって考えるの」

「うむ、自分でも分かってる」

「それより泳ごうよ？　平井《ひらい》さんも好敵手がいないと退屈するだろうしさ」

緒方は勢いをつけて立ち上がった。ついでに田中の手を引いている。

「おわっ？　分かった、分かったから！　帽子《ぼうし》忘れてるって！」

田中は力任せにプールへと引っ立てられていった。


大河・真南《まな》川で真っ二つに割れている御崎《みさき》市。

その東側に広がる市街地の外側に、旧住宅地と呼ばれる昔の地主たちの集住する地区がある。

学校を夏風邪《かぜ》で休んでいる『いちおう、美を付けてもいい少年』佐藤啓作《さとうけいさく》は、その中でも指折りの大きな屋敷に一人で住んでいた。家族は、いろいろと不愉快な事情から、ここには寄り付かない。

ただし、家族でない同居者はいた。

その同居者である女性が、自室のベッドで寝ている佐藤の所にやってきた。

「いよー、具合はどうでぇ大将《たいしょう》」

「ちょっと場所借りるわよ」

声と同時にズカズカと踏み込んできたのは女性一人だが、かけられた声は男女の二つ。

女性は、鼻筋の通った二十歳《はたち》過ぎの欧州《おうしゅう》系美女である。ストレートポニーにした艶《つや》やかな栗《くり》色の髪を背に流した長身、トップモデルも裸足《はだし》で逃げ出す抜群のスタイルは、ストリング・タイを締めたワイシャツと単色のスラックスによって、簡素かつ洒脱《しゃだつ》に飾られている。

縁《ふち》なし眼鏡《めがね》を貫いて走る鋭い眼光は、部屋の主にではなく、左手に持った大きなお盆《ぼん》……正確には、その上に載《の》せられたウイスキー瓶《びん》とグラス、お湯割用らしいポット、皿に盛ったぶつ切りのスティルトンチーズなどに向けられていた。

女性は、主に雑誌と服で散らかった広い部屋の真ん中、テレビの正面に置かれたソファにどっかりと腰を下ろす。手前の置き台に、重いお盆を紙皿のように軽々据《す》えると、そのついでのように、右の脇に抱《かか》えていたドでかい本を傍《かたわ》らに放り落とした。

「あんがっ!?」

まとめた画板ほどもあるそれから、さっきの男の声が甲《かん》高く上がった。

「よお、我が無道な運搬《うんぱん》者マージョリー・ドー、せめて酒肴《さけさかな》程度には優しく扱ってくれや」

「あー、今度から気ぃ付けるわ」

マージョリー・ドーと呼ばれた女性は、その不思議な声に平然と、誠意の欠片《かけら》も感じられない声で返した。

それも当然、彼女は人間ではない。シャナと同じ、〝紅世《ぐぜ》の王〟との契約によって異能の力を得、この世を荒らす異世界の人喰い〝紅世《ぐぜ》の徒《ともがら》〟を討滅《とうめつ》する使命を持つフレイムヘイズの一人『弔詞《ちょうし》の詠み手』だった。

彼女が放り落とした、掛け紐《ひも》付きのドでかい本型の神器〝グリモア〟に意識を表出させているのは、〝蹂躙《じゅうりん》の爪牙《そうが》〟マルコシアス。この世のバランスを守るため、また自身の闘争心を満足させるため（比率的には後者が高いと思われる）フレイムヘイズに力を与えている〝紅世《ぐぜ》の王〟である。

佐藤《さとう》と田中《たなか》は、彼女らがとある〝徒《ともがら》〟を追ってこの街にやってきた際、強引に街の案内役に指名された。以来、成り行きから〝紅世《ぐぜ》〟のことを知らされたり、シャナや悠二《ゆうじ》たちと戦うことになったり、また別の〝徒《ともがら》〟との戦いに巻き込まれたりと、波乱の日々を送っている。

マージョリーは、それらの複雑な経緯の中で、佐藤家に居候《いそうろう》するようになっていた。

居候といっても、彼女は手持ちの金に不自由しているわけではない。それどころか、むしろ衣服には湯水《ゆみず》のように金を使っている。そのくせ、佐藤に家賃を払ったことはない。

そして、これはもちろんと言うべきか、心身ともに無闇《むやみ》な強さを誇る彼女なので、美女と一つ屋根の下に暮らすことの付加価値……いわゆる甘《あま》い夢の類《たぐい》は全く持てなかったりする。

つまり、強烈というに相応《ふさわ》しい彼女に憧れる佐藤としては無念、同様に憧れる田中にとっては幸いな、お互いが勝手に生活しているだけ、という状態だった。

ちなみに、シャナと悠二、佐藤と田中は、お互いの立場を知らない。

マージョリーとマルコシアスは双方を知っているが、彼らが友人であるとは知らない。

この街におけるフレイムヘイズとその周辺の、なんとも複雑な人間関係だった。

「……ま、またバーから、追い出されたん、ですか？」

毛布の中から、佐藤がもぞもぞと顔を出した。

寝癖《ねぐせ》の付いた髪や薄ぼけた顔など、常の洒落《しゃれ》っ気は欠片もない。一日寝込んで、ようやく熱は下がったが、消耗《しょうもう》した体はまだだるくて、身動きも思考も緩慢《かんまん》だった。

そんな彼に、マージョリーは無愛想《ぶあいそう》に答える。

「部屋を掃除するって言うから、ちょっと出てきただけよ」

（それを、追い出された、って言うんじゃないかな……）

佐藤は思いつつも、口にするだけの元気がない。

「俺《おれ》の方は見舞いだぜえ、ヒッヒッヒ」

マルコシアスが、耳障《ざわ》りな笑いをくっつけて言った。

彼の言葉は本当だろう、と佐藤は思う。この戦闘大好きで軽薄な〝紅世《ぐぜ》の王〟が、実は情味に厚い面を多分に持っていることは、出会った当初から分かっていた。自分の弱り目に、こういう労《いた》わりの気持ちを向けられたことの滅多《めった》になかった少年は、怪しい本の軽口《かるくち》程度でも、胸に染《し》み入るような温かさを覚える。

と、そんな彼の感慨を、

「私の用のついででしょ、よく言うわ」

マージョリーが素《そ》っ気《け》無くぶち壊《こわ》した。彼女の方は佐藤《さとう》に目も向けず、ウイスキーをグラスに注いでいる。こっちは見事なまでに身も蓋《ふた》もない性格であると、出会った当初から分かっていた。まあ佐藤も田中《たなか》も、彼女のこういう筋の通った格好良さにこそ憧れているのだが。

この広い佐藤家の屋敷には空《あ》き部屋が多く余っているが、彼女の縄《なわ》張りは室内バー一室のみである。寝床も未だに備え付けのソファだった。居候《いそうろう》に際して揃えた家具は数個のクローゼットと姿見のみで、それらを置いたのはバーの中、着替えるのもまたバーの中においてだった。ここ以外の私室を、決して持とうとはしない。

その理由はマルコシアス曰《いわ》く、

「無駄《むだ》に自分の居場所を作っちまったら、出て行くときの未練《みれん》がデカくなっちまうだろ?」

とのことで、聞いた佐藤と田中をなんとも寂しく切ない気持ちにさせた。

今、その彼女唯一の縄張りは、昼勤のハウスキーパーら(かつて佐藤家の奉公人だった老人たち)によって清掃されているところである。その間、彼女は他《ほか》の部屋に移動する。以前、とある事情で落ち込んでいたときはバーカウンターに居座って動かなかったが、最近は事前の連絡を受けると、すぐ酒《さけ》と肴《さかな》を持って別の部屋に移動するようになっていた。

昨日《きのう》も彼女は、佐藤が夏風邪《かぜ》で寝込んでいるこの部屋に来て、酒を飲んでいる。「他《ほか》の空《あ》き部屋よりも面白《おもしろ》そう」というのが、その理由らしい。佐藤にとっては、いささか以上に散らかした自室を見られるということで、嬉《うれ》しいかどうかは微妙なところだったが。

「……」

なにかを能動的にできるほど体に活力が戻っていないので、佐藤は再び目を閉じる。

病気のとき誰かが近くにいるというのは、彼にはかつてない経験だった。昼間ならハウスキーパーたちに看病《かんびょう》させることもできたが、実際にそれを頼んだことは一度もない。そうでなくても、普段から私室への彼らの立ち入りは禁じていた。

散らかった部屋から久しぶりに発掘された物……今、枕元に置かれている、自分で買った薬箱と水を張った洗面器、そして濡《ぬ》れタオルだけが、彼にとっての治療法、その全《すべ》てだった。

しかし、昨日と今日は少し違った。

義務ではない誰かがそこにいる、それだけのこと。

なのに、それだけで、全てが全く違った。

「……はあ――」

溜息《ためいき》とともに、ベッドに深く身を預け、沈み込む。

ていう。

思いつつも、佐藤《さとう》は一時の安らぎに身を委《ゆだ》ねる。

そのぼんやりとした脳裏に、自分がそもそも風邪《かぜ》をひいた理由……少々気の引ける抜け駆《が》けの様が過《よ》ぎる。苦《にが》さ悔しさとともに。

数日前、新たな〝紅世《ぐぜ》の徒《ともがら》〟の襲撃を激闘の末に退《しりぞ》けた翌日。

マージョリーは、学校から帰った佐藤と田中《たなか》に、一本の剣を見せた。ハリウッドの映画に出てくるような、西洋風の大剣だった。討滅《とうめつ》した〝徒《ともがら》〟の持ち物だという。

それは一見して、ただの鉄の塊《かたまり》でないことが分かった。彼女が振る度に、その広い刀身に不《ぶ》気味《きみ》な血色《ちいろ》の波紋《はもん》が揺れた。怖気《おぞけ》を誘うような、これこそ〝紅世《ぐぜ》〟の宝具《ほうぐ》だった。

彼女は佐藤家の庭で、それを軽々と振って見せ、そしていきなり地面に投げつけた。石を削《けず》る鋭い音、地を穿《うが》つ鈍い音、それぞれを一瞬、不気味に響かせて、大剣は血色の波紋も妖《あや》しく地面に突き立った。それはまるで、ゲームなどでよく見る、王や勇者の到来を待つ剣のようだった（それに古くて正しい由緒《ゆいしょ》があることは、雑学の本で知っていた）。

「あんたたちが目指してるものは、これ、に、全部入ってる」

それだけを言って、マージョリーは室内バーに引き上げた。

二人の前には、地に深々と突き立った大剣だけが残されていた。

目指しているもの、その一つ形として。

佐藤啓作《けいさく》と田中栄太《えいた》は、強さに憧れていた。

自分たちを取り巻く不条理を打ち破るだけの力を、昔は駄々《だだ》をこねるように暴れながら、今は静かに目標として見つめ、欲していた。

そんな彼らは数ヶ月前、全く突然、暴風雨に巻き込まれるように出会ったのである。

固まった世界の常識をぶち壊《こわ》し、物事を自分の思うがままにねじ伏せる、広い世界の流離《さすら》い人、彼らが求めていたものを完璧に備える女性、マージョリー・ドーに。

彼らにとってマージョリーとは、どうしようもないものをどうにかしてしまう、『常識破り』の力の具現化……彼らにできないことをしてしまう、求め欲し、憧れた力、そのものだった。

しかも彼女は、無邪気な少年としての彼らが憧れる、女性としての完成形たる美麗な容姿まで備えていた。彼らがぞっこんになったのも、当然といえば当然だった。

何者にも侵されず、世を覆《くつがえ》す力を振るう、素晴《すば》らしい美女。

憧れられた当人としてはかなりの誇張を感じて閉口してしまう、そんな姿を、しかし二人は大真面目《まじめ》に『マージョリー・ドーという女性』に見ていた。

だから彼らは目算《もくさん》も成算もない、ただ一途《いちず》な熱意だけを持って、フレイムヘイズたる彼女の、果てない旅への同行を望んだのだった。

それは、マルコシアスに即座に笑い飛ばされ、マージョリーは返事さえしなかった、無謀《むぼう》すぎる望みだった。あまりに厳然《げんぜん》とした力の差と特質の優位を持つ異能者たちの戦いに、常人が飛び込めるわけが無かった。

それでも、二人は諦《あきら》めなかった。体を鍛え、本を読み、自分たちでできる全《すべ》ての『準備』を黙々と行っていた。

そんな彼らに対するマージョリーの答えが、この地に突き立った不気味《ぶきみ》な大剣なのだった。

二人は大胆《だいたん》に柄《つか》を取って挑《いど》み、しかし日が完全に暮れるまでの時間をかけてようやく、これを引き抜いた。引き抜いて、その瞬間に危うく怪我《けが》をするところだった。

それは、重すぎた。

何十キロあるのか、見た目の体積では在り得ない重さを、この大剣は持っていた。振り回すなどとんでもない、持ち上げるだけでも一苦労の物体だった。なにより恐ろしいことに、
この剣は、片手持ちなのだった。

柄が短すぎた。一握りで柄頭《つかがしら》の突起部に辿《たど》り着いてしまう。他《ほか》に握るべき部位はない。細い棒のように伸びた鍔《つば》は、握る場所として作られたものでないことが一目で分かった。

細身の佐藤《さとう》は無論のこと、標準からそれなりに突き抜けた膂力《りょりょく》を持つはずの田中《たなか》にさえ全く振ることのできないそれは、剣の平にようやく掌《てのひら》を添えて持ち上げる程度しかできないそれは、二人にとって『危険なバーベル』でしかなかった。

彼らが目指し求める場所には、これを軽々と振るう敵が、それこそ無数に存在する……たった一本の剣は、重量以上に重く、彼らを押し潰《つぶ》した。

しかし、
それでもなお、諦めなかったことは、誉《ほ》められるべきか馬鹿《ばか》にされるべきか。

二人はしつこくこの剣に挑み続けた。

彼らはこれをマージョリーの与えた試練、否、試験と受け取ったのだった。これが全て、、といいうなら、これを自由自在に扱えさえすれば、マージョリーも自分たちの同行を認めてくれるはず……そう思った。無理矢理にそう思い、とにかく挑んだ。

マージョリーもマルコシアスも、揺るぎようのない物を厳然と示した後だからなのか、それからはもう、同行の件についてはなにも言わなくなった。

そして今、
佐藤のひいている風邪《かぜ》こそが、彼の家に入り浸っている田中が帰った後、夜っぴて剣を握って唸《うな》り続けた（という表現が適当なのである）間抜けな成果なのだった。

昨日《きのう》の朝、迎えに来た田中は、すぐ彼の行為と意味に気付いて、しかし追及も糾弾《きゅうだん》もしなかった。ただ、

「なにやってんだよ、バカ」

とだけ言って笑い、学校に行ってしまった。

同じ悩みを持つ自分への抜け駆《が》けを、なんとも思っていない、のではなく、許、、、したのだった。

彼と付き合いの長い佐藤には、それが胸の痛みとともに理解できた。いい男である。

（それに比べて、俺《おれ》は――）

ボフン、

「ゲホァッ⁉」

といきなり布団《ふとん》をはたかれて、佐藤《さとう》は飛び起きた。

「ほら」

またいきなり、目の前に大き目のロックグラスが差し出された。ポカンとする彼の鼻孔を、湯気に乗ったきついウイスキーの匂《にお》いが刺す。他《ほか》に人のいるはずもない。グラスを差し出しているのは、マージョリーだった。

「は、え……？」

「風邪《かぜ》には嫌《いや》な思い出しかないのよ。気分悪いから、さっさとこれ飲んで治しなさい」

佐藤は反射的に受け取って、その熱さに思わず厚底の方に掌《て》を添えて持ちかえる。

その間に、用は済んだとばかり、マージョリーは背を向けてソファに戻る。

「あの、これは……？」

「見りゃ分かるでしょ。命の水《アクア・ビテ》のお湯割。私の故郷では、風邪薬がないときの代わりに、それ飲んでたのよ。昔飲ませた娘《むすめ》たちはみんな治ったから、効き目は保証付き」

答えつつソファに座り直し、自分のグラスにもウイスキーとお湯を注ぐ。

「薬酒《コーディアル》があればもっと良かったんだけど、バーの棚にはいいのがなかったし」

その相伴《しょうばん》を求めるように、顎《あご》で指す。

「ほら、冷めたら意味ないんだから、ちゃっちゃと飲む」

「あの、でも俺《おれ》、酒はあんまり」

「いいから、飲む」

「はい」

佐藤は剣幕《けんまく》に押されるように、一気にグラスを傾けた。少し癖《くせ》のあるアルコールの味とお湯の温かさが、咽喉《のど》を通り過ぎた途端《とたん》、猛烈な熱さに変わる。

「〰〰う、っぷ」

「で、後は寝る」

「はい」

今度は素直に従って、佐藤は布団に入った。腹の中が燃えるような感じがした。

被《かぶ》った毛布越しに、少し遠くなったようなマージョリーの文句が聞こえる。

「だいたい、なにも食わないでチンタラ寝てるだけってのがまずいのよ。『風邪は食って治す、熱は食べずに治す』って諺《ことわざ》もあるってのに」

「じゃあ、おめえが作ってやったらどうでえ、我が腕利きのシェフ、マージョリー・ドー」

「やあよ、面倒くさい。カスティーリャのときは、たまたま気に入ったアサド《ロースト》があったから、自分でも作れるようにしたかっただけよ。それ以外の料理は全部ついで」

この会話の間にも、佐藤は腹の中の熱さが、じんわりと全身に広がってゆくのを感じていた。同時に、マージョリーたちの声がだんだん遠くなってゆく。

(俺《おれ》だけ、ってのは、ずるいよなあ……)

風邪《かぜ》の原因といいコレといい、田中《たなか》には悪いことばかりしている。なんとかマージョリーを説得して、田中にもこのお湯割をご馳走《ちそう》してあげられないものだろうか。

「だい——気分が悪い——んなら、ここで飲まな——いいだ——が」

「お黙——バカマル——下んな——と言ってんじゃや——」

(どうやって、切り、出そう……)

意外にあった酒精《しゆせい》のためか、それともお湯の温かさのためか、あるいは枕元にある会話のためか、安らぎの増してゆくように、彼の意識は眠《ねむ》りに落ちていった。

小休憩《きゆうけい》を終えた吉田《よしだ》一美《かずみ》は、再び自由競泳コースのスタート位置に戻るべく、プールサイドを歩く。その裸足《はだし》の裏を、焼けたコンクリが温めて気持ちいい。

見られているわけでもないのに、依然続く鬼《おに》ごっこの大騒ぎに混じる一人を意識してしまう。こそこそするのも情けないし、堂々とする度胸もない。なんにもできない、そんな理不尽《りふじん》な無力感さえ抱く。

（こんなことで、いつになったら……）

平井《ひらい》ゆかりへの宣言から数日、告白することへの恐れと、前に進みたい気持ちがせめぎ合っていた。そのどちらもが、これまでにない強さで自分に迫っている。

制止と、行動を。

せめて、そんな二つのせめぎ合いから抜け出すきっかけが、自分の心に踏ん切りをつけるきっかけが、欲しかった。しかし、欲するだけで、日々は虚《むな》しく過ぎている。

ライバルである平井ゆかりが、まるで牽制《けんせい》するかのように坂井《さかい》悠二《ゆうじ》の傍《そば》に位置を占めるようになった、それだけが原因ではなかった。もう一つ、元々動けなかった自分を、たくさん、いろいろ、影に日向《ひなた》に助けてくれた少年——

と、不意に下向きになっていた目が、脇のプール出入り口から現れた足を捉《とら》えた。

「つえ!?」

「わっ!?」

危うくぶつかりそうになってよろける、その手を取ろうと差し出された掌《て》が、いきなり壁に当たったかのように、ぴたりと止まった。

（……あ）

プールサイドに入ってきたのは、クラスメイトの『メガネマン』こと池速人《いけはやと》だった。一年二組のクラス委員として、またそれ以外の面でも頼りにされている、嫌味《いやみ》のない万能選手である。

今は、トイレから帰ってきたところらしい。プール授業であるため、トレードマークの眼鏡《めがね》は外されている。その細められた目で気遣《きづか》わしげに見て、訊《き》く。

「大丈夫？　足とか捻《ひね》らなかった、吉田《よしだ》さん」

「う、うん……ごめんなさい、ちょっと考え事してて」

「そう。それじゃあ」

やや力のない微笑で答えて、池はプールに戻って行った。

（……池君）

自分が普通の言葉遣《づか》いで接することのできる、ただ一人の男子生徒。気の弱い自分をいろいろと助けてくれた、とても親切なクラスメイト。

坂井悠二《さかいゆうじ》との仲の進展についても、相談に乗ってくれた。もっと露骨《ろこつ》に、二人きりになる状況を作ってくれたりしたこともあった。坂井悠二との初めてのデートも、彼が切り出してくれなければ、絶対に実現しなかったろう。

しかし、今はもう、そんな彼の助力を求めることはできなかった。他《ほか》でもない、自分自身のせいだった。

ほんの数日前、
なんの苦労もせず、池速人《いけはやと》が用意したお膳《ぜん》立てに乗って、
なんの覚悟《かくご》もなく、坂井悠二との距離を縮めようとして、

結果、逆に彼と平井《ひらい》ゆかりの仲の良さを見せ付けられて、そして、その悲しみを無節操《むせっそう》に池速人へと吐露《とろ》した挙句《あげく》、自分のために坂井悠二を弾劾《だんがい》してくれた彼に、何もできないという自分の嫉妬《しっと》を混ぜて、怒りを吐《は》き散らしてしまった。

今でも、そんな身勝手で無茶苦茶な自分の行為を思い出すたびに、猛烈な自己嫌悪に陥ってしまう。

しかし、池《いけ》の助力を得られなくなったのは、そのことが原因で彼と仲違《なかたが》いしたからではなかった。それどころか彼には、その騒ぎのあった日の放課後、

「ごめん、吉田《よしだ》さん。先走って、勝手なことして」

と謝罪された。

逆に、また先に謝られたことに驚いて、自分も慌《あわ》てて謝罪し返した。

「ううん、私の方こそ、ごめんなさい。池君は全然悪くないのに怒鳴《どな》り散らしたり、逆上したり……本当に、私が悪かったの。ごめんなさい」

池に対しては、簡単に言いたいことが言えた。

「そんな……悪いのは僕——」

「私が悪いんです」

こうして、相手を遮《さえぎ》って、自分の意見を言うことさえも。

池は少し呆気《あっけ》に取られ、そして苦笑した。

「じゃあ……吉田さん、おあいこってことで、どうかな？」

池は、まとめるのが本当にうまい。

その提案を、自分は少し考えてから受け入れた。

「うん……ありがとう、池君」

「こっちこそ」

少し弱く笑って、池は手を差し出した。

ごく自然に、自分も手を出し、握手をした。

（池君って……）

自分としては、そんな風に良い友人と仲直りできたことが、素直に嬉《うれ》しかった。

しかもその翌日、池は同じように気まずくなった坂井悠二《さかいゆうじ》（彼も池に怒鳴り散らした現場にいたのだ！）との昼食に、何事もなかったかのように自分を呼んでくれた。事情を知らない佐藤《さとう》と田中《たなか》がいつものように騒いだり、平井《ひらい》ゆかりが話を蒸《む》し返したりしなかったこともあって、いつの間にか前日の騒ぎはうやむやになって、いつもどおりの昼食の風景を、自分たちは仮にでも取り戻すことができた。

（池君って、本当に偉《えら》い……でも）

おかしなことに、そんな池のやり方と行動に、自分は小さな反発らしきものを覚えていた。

ここまでしてもらった、恩恵を受けた当人でありながら理不尽《りふじん》も甚《はなは》だしいが、してくれたことには本当に感謝しているし嬉しくも思っているが、なにか釈然《しゃくぜん》としないものがあった。

（池君はなんでも……自分のことまで、やり過ぎるよ）

要するに自分は、完全に余計なお節介《せっかい》で、どこまでも奇妙な感情だったが、彼のために怒っているらしい。

そして、これもおかしなことに、彼の方も自分の勝手な反発に気付いているようだった。彼はあれから、坂井悠二《さかいゆうじ》に関する話を口にしていない。遠慮というよりは、そこはかとない恐れのようなものを、彼は自分に見せるようになっていた。

（でも、私まだ、池《いけ》君がいないと――）

そこまで思い返して、ぎくっとなった。

（あっ!?　私、また――）

もう何度目か分からない自己嫌悪に、身が縮《ちぢ》む。

（また、他人に頼ってる……私が、自分でうまくできないのを、池君が助けてくれないせいにしてる……私、なんてひどい子なんだろう）

いつの間にか、池速人《はやと》に責任を押し付けている。

いつまでも動けない……否、動かない自分への言い訳に、池速人を使っている。

その情けない自分の心の在り様を、また思い知らされた。

（どうして、私ってこうなの……？）

本当に、泣きたくなった。

プールから上がる楽しげな喧騒《けんそう》が、痛い。


「わっぷ、た、田中《たなか》お前、さっきから僕、狙《ねら》ってないか？」

「グーゼンだろ？　とにかくお前の鬼《おに》だ、っとと」

（田中はいつもの通り、愛嬌《あいきょう》と体力の男だ）

この世には、〝紅世《ぐぜ》の徒《ともがら》〟と呼ばれる異世界の人喰いたちが跋扈《ばっこ》している。

彼らは、人間を喰らう。物理的に捕食するのではなく、この世にある根源の力である〝存在の力〟を奪うのである。そうして彼らは自身をこの世に現し、在り得ない事象を自在に起こす。

ここにある坂井悠二は、人間ではない。

数ケ月前、〝紅世《ぐぜ》の徒《ともがら》〟に喰われて死んだ『本物の坂井悠二』……その残り滓《かす》から作られた代替物《だいたいぶつ》〝トーチ〟だった。

「あはは、ちゃんと間に一人置いてタッチしてるから、ルール違反じゃないでしょー」

（悔しいけど、緒方《おがた》さんの言うとおりだ）

人間を喰らうことによって、そこに在るはずだったもの、そこから派生するはずだった影響が消える。その結果、世界に歪《ゆが》みが生まれる。

フレイムヘイズたちが、この歪みを察知して自分たちを追っていると気付いた〝徒《ともがら》〟たちは、その歪みを和《やわ》らげ、追跡を撹乱《かくらん》するための道具を作った。

それが、トーチである。

「坂井《さかい》鬼《おに》！　坂井鬼！」

「谷川《たにがわ》、後ろ後ろ!!」

「のわぅおっ!?」

（大騒ぎするみんな）

故人の〝存在の力〟の欠片《かけら》から作られたトーチは、生前の記憶や人格をそのままに持っている。自分が既に亡いと知らぬまま、それは喰われる前と変わらない日常を過ごしていく。が、やがて残された〝存在の力〟の消耗《しょうもう》とともに、気力や存在感、周囲との関わりや居場所をなくしてゆく。そうして、その人間の居る意味も薄れた頃、トーチはひっそりと消える。そこに居た痕跡《こんせき》も、いつしかなくなる。誰も、そのことに気付かない。

今ここにいる坂井悠二も、その一つだった。

「い、池《いけ》、交代してくれー」

「フェアプレー精神に徹しろよっ、ぷは、遊びにこそ、そういうのは必要だぞ」

（池はやっぱりこういう奴《やつ》だ）

しかし、坂井悠二《ゆうじ》は普通のトーチではなかった。体の中に、どこからか転移してきた〝紅世《ぐぜ》〟

の宝具《ほうぐ》を宿す『旅する宝の蔵《くら》』……〝ミステス〟という、特別なトーチだった。

しかも、彼が宿した宝具《ほうぐ》は、時の事象に干渉する〝紅世《ぐぜ》の徒《ともがら》〟秘宝中の秘宝、『零時迷子《れいじまいご》』。

これは、日々消耗《しょうもう》し続けるトーチの〝存在の力〟を毎日零時に回復させるという、一種の永久機関だった。これのあるおかげで、坂井悠二は気力や人格を保ったまま、日々を暮らしてゆくことができた。

「悠二、どこ見てるの、お前が鬼でしょ」

「いや、吉田《よしだ》さんも、こっちに来ればいいのにと思ぶはっごぼ!?」

「……平井《ひらい》ちゃん、普通、自分から鬼は殴《なぐ》るもんじゃないぞ」

「ねえ、鬼を殴った場合はどうなんの、池君?」

「交代だな。平井さんが鬼ね。あ、もう坂井を殴っても鬼にならないよ」

「ルールは覚えてる!!」

（もうすっかり、シャナも皆に馴染《なじ》んでる、笑い声が響いて……僕らがここにいることは、もうおかしなことなんかじゃ、ない……）

悠二は知らず、当面不都合のない毎日と、全《すべ》てへの慣れの中、自分という存在の非常識さと特異さ、感じていた悲嘆と絶望を薄れさせていた。どころか、今では呑気《のんき》に、自分が生前の生活の中に復帰していると、その中にシャナさえ混じって不自然でないと、能天気な喜びと安心感をさえ抱《いだ》いていた。

もちろん、そんなものは、全くの錯覚だった。

ここから三日後の話

どことも知れない暗闇《くらやみ》、その床に、馬鹿《ばか》のように白けた緑色の紋章《もんしょう》が煌々《こうこう》と輝いていた。

幾何学的にも生物的にも見えるそれは、〝紅世《ぐぜ》の徒《ともがら》〟個々人の意志と構築力によって様々な不思議をこの世に現す〝自在法〟……その稼動《かどう》を図に表す〝自在式〟だった。

「さぁーて、いぃーよいよ実験が始まりますよー？　これほどの歪《ゆが》みは、そぉーうはありませんからねぇーえ!!」

だらんと長い白衣を着たヒョロ長い姿が、その紋章を覗《のぞ》き込んでいる。今にも掴《つか》みかからんばかりに伸ばされた両腕の先で、ぴったり張り付く手袋に覆《おお》われた細い指が蠢《うごめ》いている。

「んー？　んんんんー？」

唸《うな》りを上げて数秒、長い白衣が突然、カクン、と横に折れ曲がった。

そしてまた突然、白衣は怪鳥のような叫びを上げた。

「ドォ――――ミノォオオ――――!!」

「はあ――――い!!」

答えとともに、シャリリリリ、と金属が細かく擦《こす》れ合うような音が響く。

と、白衣の傍《かたわ》らに、紋章と同じ色の炎《ほのお》が渦《うず》巻くように湧《わ》き上がった。

「はいはあーい、お呼びでございますか、教授?」

炎の渦の中から現れたのは、二メートルを超す、まるでガスタンクのようにまん丸の物体だった。その天辺《てっぺん》には、ミイラ男のようにグルグル巻きに膨《ふく》れた発条《はつじょう》に大小の歯車を両目として付け、頭頂部にネジを突き出した顔モドキが据《す》えてある。その手足も顔同様、パイプやら歯車やらで、あくまでいい加減にそれらしく形作られている。

その妙な物体が僅《わず》かに前に屈《かが》んで、敬服の姿勢を取る。

「あなた様の忠実なる〝燐子《りんね》〟ドミノはここにおりますですよ——って、痛い痛いでほはひは《ございま》ふふふふ《すぅぅぅ》!?」

ニュウッと伸びた白衣の腕の先、玩具《おもちゃ》のマジックハンドのような形状に変わった手が、ドミノと呼ばれた〝燐子《りんね》〟の、口のない頬《ほお》をキリキリとつねり上げていた。

「返事は一度だけですよぉー、ドォミノォー?」

「はひはひ《はいはい》、ほほひ《もとい》、はひ《はい》、ひょうひゅー《きょうじゅー》」

「よぉーろしい、とおころでドォミノォー?」

「はい、教ひゅひははは《じゅいたたた》」

また白衣はつねる。

「どぉーこへ行っていたのですか。おかげで私は暗闇《くらやみ》で寂しく独り言なんか言ってしまったじゃありませんかぁー？」

「ふひはへん《すいません》ふひはへん《すいません》……教授のご指示どおり、下で『夜会《やがい》の櫃《ひつ》』の整備をしていたのでございまふひはいひはい《すいたいいたい》」

　またまたつねる。

「ドォーミノォー？　遠回しに私を責めていますねぇぇー？」

「ほんはほほはひはへん《そんなことありません》……痛たたた」

　ようやくマジックハンドから開放されたドミノは、シャリシャリと頬《ほお》を擦《こす》って痛みを和《やわ》らげる。そのついでに、もう片方の手をひょいと伸ばして、頭頂部に突き出た発条《はつじょう》ネジを手首ごとキリキリと回す。つねられて歪《ゆが》んだ発条が体の中に巻き込まれていき、代わりに伸びた発条で顔が覆《おお》われた。

　彼（？）は新品になった顔を傾けて、丁寧《ていねい》な声で訊《き》く。

「あー、ごほん。では教授、いよいよでございますね？」

「そぉーうです、ドォーミノォー」

　訊かれた白衣の〝教授〟は、数分前に取っていた姿勢と言葉を、もう一度。

「さぁーて、いぃーよいよ実験が始まりますよー？　これほどの『歪み』は、そぉーうはありませんからねぇーえ!!」

今にも掴《つか》みかからんばかりに伸ばされた両腕の先で、ぴったり張り付く手袋に覆われた細い指が蠢《うごめ》いている。

2 展望

夏の日は、下校時間を迎えても未だ高い。

そんな白けた明るさの元、吉田《よしだ》一美《かずみ》は一人、下校の途《と》についていた。大通りから学校の塀《へい》沿いに回って、脇道に入る。

中途半端に広いその道は、住宅地から大通りに出る支道の一つで、両脇の商店と通行人の多さから、市街中心にある繁華街《はんかがい》とはまた違う、生活の賑《にぎ》やかさに満ちていた。

スーパーより安いことを声高《こわだか》に叫ぶ八百屋、配達のビンを篭《かご》にくくりつけている酒屋、下校途中の女子学生を集めるケーキ屋、せわしなくバンに荷物を積むクリーニング屋などが、それぞれのやり方で手際よく、掻《か》き入れ時を過ごしている。

それら活力の波にもまれて、しかし吉田の顔色は暗かった。人にぶつからない程度に顔を上げ、鞄《かばん》を重そうに提《さ》げて歩く。どうしていいのか分からない……まさに途方に暮れるとはこのことだった。

（いつまでウジウジしてるつもりなの）

そう思っている。

そうしていることの愚かしさも分かっている。

しかし、それでも、どうしようもない。

ただできることとして、とぼとぼと歩く彼女の目の前に、

「おっと！」

「つひゃ!?」

尖《とが》った張りぼてが突き出された。

思わず足を止めた彼女の目の前に、デザインセンスの欠如から間抜けにデフォルメされた鳥の飾りがあった。

「ごめんよー」

それを街灯に据《す》え付けようとしていた作業員は軽く謝って、梯子《はしご》の上にいる同僚に、その飾りを手渡した。梯子の上の同僚も帽子《ぼうし》を軽く取って見せる。

「すいませーん！」

「い、いえ、大丈夫です」

吉田《よしだ》も慌《あわ》てて、ぺこりとお辞儀《じぎ》して返し、その場を足早に去る。

後ろから、

「ひゅう、かーわいー」

「バカ、真面目《まじめ》にやれよ」

などと言い合う声が聞こえたので、顔が真《ま》っ赤《か》に染まった。

（そういえば）

ほんの少し視線を上げて、街の様子に目をやる。

（ミサゴ祭り、もう明後日《あさって》なんだ……）

期待の匂《にお》う空気の中、各商店の軒先に蛍光色の垂れ幕が無数に下がっていた。先刻から作業員たちが取り付けていたものと同じ鳥の飾りも、街灯に一羽ずつ翼を広げている。それらの飾り全《すべ》てには、『御崎《みさき》市ミサゴ祭り』という、語呂《ごろ》の良し悪しも微妙な文字が書かれていた。

ミサゴ祭りというのは、真南《まな》川で催される大規模な花火大会である。

本来は、住宅地北部の丘上にある御崎神社（この神社が真南川の鎮守《ちんじゅ》様だということを、吉田は中学の自由研究で初めて知った）で行われる地鎮祭《じちんさい》の一種だったらしいが、詳《くわ》しい縁起《えんぎ》は失伝してしまっていて、よく分からないという。祭りの名称も、なぜミサゴなのか謎である。

なにしろ、このミサゴというワシタカ科の鳥は海鳥で、しかも冬の季語である。周囲に海もない御崎市の夏祭りへの命名としては、いかにもミスマッチだった。

しかし、市の住民にとって、詳しい由来《ゆらい》などはどうでもいい話である。彼ら生活人には、このミサゴ祭りが、ここ数十年の間に市の外からも大量の人を呼ぶ、県下有数の大イベントへと変貌《へんぼう》した、という事実にのみ意味と価値がある。

ここ数日というもの、御崎《みさき》市駅周囲の繁華街《はんかがい》から真南《まな》川の河川敷《かせんじき》までの道路、川に架《か》かる大鉄橋・御崎大橋を含めた大通りから周囲の商店街は、年に一度の大きな祭りの準備におおわらわだった（ちなみに本来の地鎮祭《じちんさい》も、御崎神社でしめやかに執り行われるが、そっちへの参加者はほとんどない）。この商店街では飾りつけとセールの準備を主としているが、真南川の堤防に立てば、河川敷の両岸で露店《ろてん》のテントが無数組み上がるという壮観を拝《おが》めるはずだった。

吉田の周囲、一年二組でも、もちろん話題になっている。ミサゴ祭りに誰を誘おう、誰と行こう、という会話は、この季節の風物詩だった。特に高校生ともなると、誰、という対象は友人だけでなく恋愛対象にまで広がり、互いの牽制《けんせい》と調整は、より激しく微妙になる。

（これに、誘えれば、いいんだけど）

人ごみの苦手な吉田《よしだ》も、坂井悠二《さかいゆうじ》と一緒に露店を巡る光景には、激しく心惹《ひ》かれるものがあった。しかしこの数日、何度も彼を誘うことを試み——る前に挫折《ざせつ》しているのだった。

一昨日《おととい》の朝のホームルームの前も話す機会があった。昨日《きのう》の小テストの答案を集めるときにも、周りはお祭りに関する雑談だらけで、軽く切り出せる状態だった。今日だって、黒板消しを叩《たた》いているときに、すぐ後ろで彼が今年のミサゴ祭りに呼ばれるマイナーなバンド（あいにくと知らない名前だった）の話をしていた。

それだけではない。他《ほか》の誰かがミサゴ祭りのことを話題に出す度《たび》に、何度も何度も、

「坂井君は、誰と一緒に行くんですか？」

と言おうと思った。そして、

「もし良かったら、私と一緒に」

と続けようと思った。

しかし、そう、結局。

思った、それだけしかできなかった。

なにかきっかけがあれば坂井君に告白できる、そう思ってミサゴ祭りを見出し、今度はミサゴ祭りに誘うきっかけを探していた。及び腰で意気地がない自分を情けなく思いながら、決して諦《あきら》めることができない。こういうとき、最後の後押しをくれた池速人《いけはやと》にも、もう頼れない。

そうして思い惑《まど》っている間に、また、

（どうしよう）

という思考の行き止まりに帰ってきてしまうのだった。

（どうして、こうなんだろう、私……）

重い足は、それでもいつしか商店街を抜けて、人通りもまばらな街路を踏んでいた。磨《す》り減ったレンガ敷きの歩道だけを、また見ている。

と、不意に、

「っ!?」

両脇腹《わきばら》から背筋へと、染《し》み透るような悪寒《おかん》が走った。

傍《かたわ》らを、買い物帰りらしい女性の自転車が通り過ぎる。

なぜか、その行く先へと釣られるように、吉田《よしだ》は顔を上げていた。

そこにいる、と思ったのだった。

「あ……！」

そしてやはり、それはいた。

夕日というにはまだ高い、白けた陽光の中。

歩道にぽつんと一人、吉田の行く手をさえぎるように、立っていた。

年端《としは》もいかない少年が。

その、十にも満たないと思える小さな姿には、しかし異様なまでの存在感があった。逃げるどころか、目を逸《そ》らすことさえできない。

（なに……？）

その少年は、夏も盛りというこの時期に、長袖《そで》のパーカーに太いスラックスという装いで体中を覆《おお》っていた。その上、パーカーのフードを頭からすっぽりと被《かぶ》っているため、露出《ろしゅつ》している肌は顔の下半分と手首から先だけという状態だった。その僅《わず》かに見える肌の色は、薄く澄んだ褐色《かっしょく》をしている。

そしてその子供は異様さの極め付けとして、布でグルグル巻きにした、身の丈《たけ》の倍はある長く太い棒を、右の肩に立てかけていた。中が空《から》だとしても、子供が担《かつ》ぐには不自然すぎる体積と質感が、その棒にはあった。が、しかし、現に担いでいる。

（この、感じ、どこかで……？）

吉田はその少年を見る内、謂《い》われのない不安が、胸に押し寄せてくるのを感じた。なぜか一瞬、その姿に赤い夕日が重なって見えた。記憶にはない、しかし怖気《おぞけ》のするような違和感を、吉田はその姿に再び抱《いだ》いていた。

少年の口が、開いてゆく。

（――――あ、あ――――）

吉田には、なぜかその様子が、はっきり、ゆっくり、見えた。

そこに、なにかを感じた。

理屈ではなく、感じた。

今あるなにかが、あまりに呆気《あっけ》なく壊《こわ》れてゆくような。

その後から、冷たく重い恐怖が漏《も》れ出てくるような。

それは、あるいは、望んでいたもの。

望んで、しかし恐れていたもの。

なにかが変わる。

坂井千草《さかいちぐさ》は、悠二《ゆうじ》の母にして、海外に単身赴任《ふにん》する夫・貫太郎《かんたろう》から家を預かる誇り高き主婦である。おっとりしつつもしっかりした芯《しん》を持ち、アラストールさえも賢明と認める彼女に、

「……ねえ、千草」

坂井家の庭に面した縁側《えんがわ》から顔を出したシャナが、躊躇《ためら》いがちに声をかけた。

「あら、おかえりなさい、シャナちゃん」

千草は居間の食卓を拭《ふ》いていた手を止め、和《なご》やかな笑顔を、帰ってきた『半日居 候《いそうろう》』の少女に向けた。

シャナが坂井家に入り浸るようになって数ヶ月、千草はこの微妙に非常識な少女の世話を、過剰なほどに焼いている。

本名……と彼女は思っている、この平井《ひらい》ゆかりという少女が、家庭の事情から一人暮らしをしていること、海外での重要な職務に就いている、育ての親であるアラストオル氏（実の両親はどうしたのか、という詮索《せんさく》を彼女はしない）からその世話を託《たく》されたことなどから、本人としては大義名分《たいぎめいぶん》を得た気になって、彼女をほとんど実の娘《むすめ》のように思い、可愛《かわい》がっていた。

ちなみに、千草にとってこの行為は、『シャナと悠二の関係』とは全くの別物であり、むしろ二人の不用意かつ安易《あんい》な接触については警戒さえしている。

と、千草はその主な警戒対象である息子《むすこ》の姿が、少女の傍《かたわ》らにないのに気付いた。

「悠《ゆう》ちゃんは一緒じゃないの？」

　シャナは朝晩の食事を坂井家で取り、自宅である平井家には寝に戻るだけ、という『半日居候』的サイクルで生活しているため、学校が終わると悠二と一緒に——余計な噂が立たないよう、学校で一旦《いったん》別れた後、帰り道で合流してから——坂井家に帰宅する。

　学校のある日は必ず、それがまるで義務であるかのように（千草の窺《うかが》い知れない事情から、それは必然のことなのだが）悠二と一緒に帰ってくる彼女が一人というのは、非常に珍しいことだった。

　そんな千草の疑問に対するシャナの答えは、行動の事実だけを簡潔に示したものである。

「一足先に、走って帰ってきた」

「あらあら」

　気になる少女に置いていかれた息子の、寂しさと驚き半々の顔を思い浮かべて、千草はくすりと笑った。もちろん彼女は、そう行動をさせた何らかの理由を、シャナが抱《いだ》いていることにも気付いている。手にした布巾《ふきん》を畳《たた》み直して食卓に置くと、縁側の戸の端《はし》から恐る恐るこちらを覗《のぞ》いているシャナの前に座って、目線を同じ高さに合わせる。

「どうしたの？」

「うん……」

　シャナは、出した顔を少し引っ込めながら、いつしか信頼と尊敬の念を抱くようになった女性に小声で答えた。そのまま数秒悩み、しかしいつものように思い切って、はっきりと訊《き》く。

「他人に食事を作るって行為には、なにか特別な意味があるの？」

「えっ」

千草は驚きと嬉《うれ》しさから、思わず声を漏《も》らした。

（……？）

シャナの胸に下げられた、金の輪を交差させた意匠《いしょう》のペンダントに、その意志を顕現《けんげん》させている〝紅世《ぐぜ》の王〟……彼女にフレイムヘイズとしての力を与える〝天壌《てんじょう》の劫火《ごうか》〟アラストールも、釣られて思わず声を出しそうになった。

「食事を？」

（作る？）

喜色と怪訝《けげん》の違いこそあれ、千草とアラストールは疑問をともにする。

「うん」

シャナは答えつつ、顔を戸に全《すべ》て隠した。

「悠《ゆう》ちゃんがシャナちゃんに作って欲しいって言ったの？」

（いや、そんなことはなかったが……？）

「違う」

断言してまた数秒悩み、今度は顔を隠したままで白状する。

「今日のお昼——」

いつもの面子《メンツ》（一名欠員）による昼食時、初めて気付いたのだった。

悠二《ゆうじ》が、吉田《よしだ》一美《かずみ》の弁当をとても美味《おい》しそうに食べていることに。

吉田の行為と悠二の様子、双方を注意深く観察していたために気付けたのだが……とにかく悠二は、いつものだらしない緩《ゆる》んだ笑顔で、差し出された弁当を受け取った。これと同じく、いつものように、シャナが放ったお菓子《かし》も。

「でも、なんだか、違う感じがした」

甘いものは普通、それ以外のものの後に食べる、という作法は千草に教えてもらったが、そういうものを除いても、悠二が彼女のお菓子を、吉田の弁当のついでのように食べている気がしてならなかった。

そして、そのことが、ものすごく気に喰わない。

物をあげる、という行為なら確実に互角《ごかく》であるはずなのに。

今日あげたのは、最近お気に入りの美味しい大福餅《だいふくもち》だったのに。

そう思っていたとき、コンビニ惣菜《そうざい》におにぎり数個という田中栄太《たなかえいた》が言った。

「いーよなー、手作り弁当作ってもらえる奴《やつ》は」

と。

シャナには、この言葉の意味が分からなかった。

（なにが、いいの？）

活力源の補給に、味と量以外の差異が存在しているとは思えない。あるとすれば栄養価の優劣だが、田中《たなか》の言葉には、そういう理屈以外のものがあるように感じられた。現に、

「悠二《ゆうじ》は変な顔で笑って誤魔化《ごまか》して、吉田《よしだ》一美《かずみ》も……同じ顔で、笑ってて……」

「ヨシダ、カズミさん、ね」

大筋の事情を了解した千草《ちぐさ》は、柔《やわ》らかな微笑を浮かべる頬《ほお》に手を当てた。

(悠《ゆう》ちゃんったら、案外モテモテなのねえ)

高校になってから、弁当を作って持たせようか、と何度言っても頑《がん》として聞き入れなかった理由はそれだったのだろうか、と千草は思い、我が子の成長に少し寂しい溜息《ためいき》を吐《つ》いた。

そんな彼女に向けて、戸の影でへの字口を作るシャナは、拗《す》ねるように言う。

「なんだか、嫌《いや》だった」

(……むう)

その胸にあるペンダントに意思を表すアラストールは、事態の意味を正確に把握できていなかった。千草に正体を明かせず、また普通人の常識にも疎《うと》い彼は、とある相談をきっかけに、シャナの精神的な養育を彼女に大部分委《ゆだ》ねるようになっていた。今回もその一例なわけだが、だとしても、彼には微妙に鬱屈《うっくつ》した感情もあった。

(なぜ、まず我に相談しないのだ)

たしかに、問われても的確な助言はできなかったかもしれない……いや、できなかったが、

とりあえず自分に話すのが契約者と〝紅世《ぐぜ》の王〟、一心同体のフレイムヘイズとしての筋というものではないだろうか？　思えば、千草のことを全面的に信頼するきっかけとなった相談も、シャナは自分にではなく、いきなり千草に持ちかけていた。

（女性同士の方が話しやすいのやも知れぬが、いや、だがしかし）

この場合は残念なのかどうか、異世界人たる〝紅世《ぐぜ》の徒《ともがら》〟にも、厳然《げんぜん》たる性別が存在する。

正確には、この世における性別に比定される、二種類の性質が存在する、ということだが。

つまり、この世での生殖に類する、存在の分化と、分化した個体の独自性獲得行為の主体者たる存在・女性と、それら変質の因子を提供する存在・男性である。これら両存在は、機能分担が人間における男女のそれと酷似《こくじ》しているためか、根本的な性質も似通っている。生物学的な在り様こそ別次元の存在だが、人間も〝徒《ともがら》〟も、男と女があることに変わりはない。

なんにせよ、アラストールは男であり、シャナは女なのだった。彼女の細やかな心情についての相談は、常識を知る知らない以前に、千草の方に適性があるということである。

と、

理屈では分かっているのだが、それでもフレイムヘイズとして手塩《てしお》にかけて育て、また共に戦い暮らしてきた同志として、微妙な寂しさ、あるいは小さな嫉妬《しっと》さえ覚えてしまうアラストールだった。

（奥方ならば、まず間違った指導はすまいが……）

そんな複雑なアラストールの期待を背負って、千草《ちぐさ》は口を開く。

「シャナちゃんも、お料理を作ってもらったことはあるでしょう？」

「……千草みたいに？」

ようやくシャナは戸の陰から顔を出した。

「ええ。アラストオルさんと暮らしてた頃、誰かに温かいものを作ってもらって、一緒に美味《おい》しく食べたことはあるんでしょう？」

訊《き》きつつ、千草は自分の傍《かたわ》らの縁《えん》をぽんと叩《たた》いて、シャナに座るよう促す。

「アラストールとは一緒に食べたことがない。ヴィルヘルミナとならあるけど……」

シャナも答えつつ素直に従い、ストンと腰を下ろした。二人して庭を眺め、視線を合わさない。話しにくいことを話し合うための格好だった。

「……あれは、千草と食べるみたいな感じじゃなくて、栄養を摂取する、お互いの仕事の一つだったと思う」

「そう」

千草はその、一見不遇に思える境遇への論評を避けた。淡泊な言葉ではあっても、少女の声には何者も犯しがたい、軽薄な慰めなど跳《は》ね返してしまうほどの、大きな喜びが宿っていた。

だから千草は、

「それじゃあ分からないわね」

と事実を認めるだけに止《とど》めた。

「手作りのお弁当を渡す行為っていうのはね、シャナちゃん」

「うん」

シャナは顔を向けず、素直に耳を傾ける。

千草も彼女を見ず、淡々と話す。

「その人が好きだって言ってるのと同じなの」

「えっ⁉」

シャナは世界の終わりのような表情をして立ち上がった。取り繕っていた冷静さなど消し飛んで、顔色も蒼然《そうぜん》となっている。既にそういうことになっていた事態に、それに気付かなかった自分の愚かさに、爆発的な怒りが湧《わ》き上がってくる。

千草は少女の過敏な反応に苦笑した。手を引いて、再び座らせる。

「落ち着いて。シャナちゃんは、物事を杓子定規《しゃくしじょうぎ》に考えすぎる癖《くせ》があるわよ？　そういう気持ちを込めた行為だからって、相手がそれをはっきり理解しているわけでも、まして受け入れてるわけでもないの」

「だって……」

座り直したシャナは、不安げに千草の手を握る。

手作りの弁当を渡す行為に、そういう意味が込められているのは事実なのだから、悠二《ゆうじ》はそれに気付いているはずなのだ。それを受け取り続けているということは、つまり、悠二《ゆうじ》が吉田《よしだ》の『好きだ』という気持ちを了承している、ということになるのではないか……？

シャナは指摘されたとおりに物事を定義付けながら考え、しぼむように座る。

そんな可愛《かわい》い少女に、千草《ちぐさ》は肩を寄せた。

「要するにね、シャナちゃん。お料理を作ってあげるっていうのは、あなたのことを大切に思っています、あなたを幸せにしてあげたいんです、そんな『思いやり』を相手に示す行為なの。お弁当は、その中でも特別なものだけど……」

「だけど？」

シャナも心持ち、千草に肩を預ける。

「結局、どれだけ相手のことを想っていても、差し出すものに心を込めていても、実際に口に出して自分の気持ちを伝えないと、相手は答えてくれないものなの。こういうことでは、特にね。そのヨシダカズミさんは、どうなのかしら」

「……」

おそらくはまだだ、とシャナは思う。

しかし、数日前の宣戦《せんせん》布告における真剣さから、そう時は残されていないように思──

（時が、残されて……？）

ふと、気付いた。

残っているから、なんだというのか。

その間に、その前に、自分が？　そうしたとして、吉田一美《かずみ》を止められるのか？　それに、そう、そもそも悠二は、自分のことを、どう思って……？

さっきまでの怒りが、なぜかいきなり、不安に変わっていた。

（――「私、坂井《さかい》君にもう一度、今度こそはっきり自分の口で、好きです、って言う」――）

その、自分に恐れを与える言葉の中から、不安の核心を抜き出す。

（……好き、って言う……）

それを自分に重ね合わせて、思う。

（私、悠二が、好き）

全く自然に、その言葉を呑《の》み込むことができた。

そして、不安の奥底から、衝動《しょうどう》めいた欲求が湧《わ》き上がってきた。

（悠二に、『好きだ』って、言われたい）

それは、熱くて嬉《うれ》しい、大きくて怖い、あの『どうしようもない気持ち』だった。

自分の全《すべ》てを使って悠二を自分の方に引き寄せたい、という強い気持ちだった。

（そうだ、私……悠二に『好きだ』って、言われたいんだ）

でも、どうすれば良いのかは、全く分からない。

悠二に、吉田一美が宣言したように『好きだ』と言えば良いのだろうか。

でも、悠二《ゆうじ》が『うん、僕も好きだよ』と答えてくれるとは限らない。

自分の持つ力ではどうにもならない、あやふやな勝算しか持てない。

でも、絶対に、そう言って欲しい。

悠二に、自分のことを、好きになって欲しい。

そのとき、閃《ひらめ》いた。

「だから、思いやりを、届けるんだ」

「！」

千草は少女の不意な結論に驚き、言葉に込められた気持ちを正確に感じ取り、そして、困った笑みに溜息《ためいき》を混ぜた。

「ふう……本当に、女の子っていうのは早熟なのねえ……アラストオルさんに請《う》け負ったばかりなのに」

(——？　——？　——？)

一連の会話を聞いていたアラストールだが、彼には二人の会話の流れが、さっぱり把握できなかった。ただ、なにやら気に喰わない、彼にとって不穏な事態……つまりは坂井《さかい》悠二に対する措置《そち》なり方針なりが定められたらしい、それだけは分かった。

(奥方……本当に、頼むぞ)

以前のような、千草への反発はない。が、それでも、自分の手出しできない場所における契約者の挙動に、そこはかとない不安を覚える〝天壌《てんじょう》の劫火《ごうか》〟だった。

「あなたは、知っているのですか？」

外国人らしい、その少年の口から紡《つむ》ぎ出されたのは、短い問い。

明晰《めいせき》な日本語を奏《かな》でた子供特有の高い声には、なぜか瑞々《みずみず》しさが全く感じられなかった。ひたすら寂《さ》びて枯《か》れている。しかしどういうわけか、その声は、やや距離を開けた吉田《よしだ》一美《かずみ》の耳にもはっきりと届いていた。

吉田はその不思議な問いと声に、答えることができなかった。

「……あ」

目の前のものを、今ここに来たものを、信じられないといった顔で見ているだけだった。

少年は、そんな彼女の立ち尽くす様子に、少し顎《あご》を突き出した。フード下の目線を宙に泳がせる、疑問の姿らしい。妙に老成《ろうせい》した仕草で、顎に左の手をやって呟《つぶや》く。

「さて、はて……」

その中指から二本、小さなガラス玉を繋《つな》ぎ合わせたような飾り紐《ひも》が、手の甲《こう》から袖《そで》の中に、ちゃらりきらりと流れ光った。

その美しさを感じかけて、吉田はぎょっとなった。

少年の見せた手の甲《こう》の真ん中、二本の飾り紐《ひも》の間に、大きな穴の塞《ふさ》がったような傷跡が覗《のぞ》いていたのである。よく見れば、顎《あご》にも添えた指にも、大小の切り傷や引き攣《つ》れた痕《あと》が幾つもあった。

その異様な少年は、吉田《よしだ》の驚愕《きょうがく》に気付かない風に軽く言う。

「気配の端《はし》が濃《こ》く匂《にお》ったのですが……協力者ではないのですか?」

「ふうむ」

どこからともなく、今度は老人の嗄《しゃが》れ声が発せられた。吉田《よしだ》にはそれが少年の手首あたり……飾り紐から聞こえたような気がした。

吉田を完全に事態から置いてけぼりにして、老人の声は続ける。

「偽装《ぎそう》して定住する者の傍《そば》におるがゆえの影響じゃろう。この歪《ゆが》みを目指す〝徒《ともがら》〟を警戒しておると見たが、ふうむ」

「ああ、気配だけはやたら大きいですからね」

「ふうむ、仕事の合間にでも、挨拶に出向くとしようか」

「ああ、そうですね。ともあれ、このおじょうちゃんには是非《ぜひ》、協力していただきたいところですが」

少年は一人立って、誰かと会話をしている。

しかし吉田はそれを当然、

変わった外国人の子供が、なにか手のこんだ遊びをしている、知らない土地でお父さんお母さんとはぐれて、誰かと話をしたがっているのだろうか、と思った。

実は、常識で考えれば、少年の風体《ふうてい》や行為、雰囲気から、明らかにおかしいことは一目瞭《いちもくりよう》然《ぜん》なのだが、それでも普通、日常の中に暮らす人間というものは、異常な状況をやすやすと受け入れられたりはしないのである。

現に吉田《よしだ》も、

(おかしい、変だ)

と思っている。正確には、感じている。

少年の老成《ろうせい》した仕草《しぐさ》、肩に立てかけた長い棒、端々《はしばし》に覗《のぞ》く無数の傷、どこからか聞こえる老人の声、なにより、その異様なまでの存在感と違和感。

感覚は明らかに、これは『違うなにか』だと告げている。

「……あ、あの」

しかし、普通人である吉田はそれを受け入れなかった。強《し》いて、それは臆病《おくびよう》な自分が感じるなにかの間違い、目の前のこれは、子供が人をからかって遊んでいるのだ、そう思った。

「君、迷子《まいご》に、なっちゃったの?」

だから、彼女の問いは、至極《しごく》平凡なものだった。

「一緒に、お父さんお母さん、探してあげようか？」

少年はそんな、自分の知る世界に居続けようとする少女の姿……彼らと出会った人間が数え切れないほど取ってきた姿に、苦笑混じりに答えた。

「ああ、すいません」

それは、否定の言葉だった。

「しかし、この仕事には結局、人間の手助けが要《い》るんです。我々は、そこにあるものをあるがままに感じるがために、『本来そこにあったはずの世界』との違和感を感じられませんから」

もはや少年は、先の吉田の問いなど無かったかのように話す。

話の内容は無論、吉田にはさっぱり意味が分からなかった。分かろうともしなかった。実際、常識の壁の中にある彼女はまだ少年を、

（おかしなことを言う子）

と思いたがっていた。

少年の方も、そういう人間の反応には慣れっこになっている。だから簡潔に、自分に必要な質問を、彼女にも解答できる質問をする。

「ああ、おじょうちゃんは、この街に住んで何年になりますか？」

少年の問う口調は、重々しくも優しい。実際、からかっている様子ではない。

吉田もつい、戸惑《とまど》いながらも答えてしまう。

「……生まれたときから、だけど」

「ああ、それはいい。人選を誤ってはいなかったようです」

「ふむふむ、結果オーライ、という奴《やつ》ではないかな」

一人から返る、二つの答え。

いつの間にか、遠かったはずの互いの距離が、縮《ちぢ》まっていた。

数歩前に迫った少年が、フードの下に目線を隠したまま、僅《わず》かに腰を屈《かが》めた。

「ああ、申し遅れました。私は『儀装《ぎそう》の駆《か》り手』カムシン……カムシン、で構いません」

「儂《わし》は〝不抜《ふばつ》の尖嶺《せんれい》〟ベヘモット。儂も、ベヘモットでよいぞ、おじょうちゃん」

言われても、吉田《よしだ》にはなにがなんだか分からない。

（ぎそ……？　なに、外国の、称号？）

吉田は正直、もうこんなわけの分からない子供など放って逃げ出したかった。しかし他《ほか》でもない、彼女が認識することを拒否している少年の貫禄《かんろく》が、彼女をこの場から逃がさない。

少年・カムシンはフードの下で再び苦笑した。しつつ、子供のでたらめとは思えない、確固たる意志を込めた言葉を、流れるように語る。

「ああ、大丈夫。こんなことを言って信用する人もいないとは思いますが、人間がくる範疇にある犯罪者ではありません。我々を怖いと思うのは、自然物としては当然の本能ですが、その我々は、できるだけ被害を最小限にすることを、考えています」

「ふむ、このままでは、とてもまずいんじゃよ。追々《おいおい》事情は説明するが……とりあえず、我々の仕事を手伝う、その求めを引き受けてはくれんかね」

吉田は、近付いた二人の声を聞く。

腹話術、では明らかになかった。明らかなのは、ベヘモットと名乗った老人の嗄《しゃが》れ声が、少年の左腕から発せられているということだった。

「仕、事……?」

吉田は答えつつ、携帯電話なりスピーカーなりを隠しているのだろう、となんとか理屈をつける。だんだんその抵抗も虚しくなってきたことを感じながら。

「ああ、そうです、仕事です。しかも、できるだけ急ぎのことなのです」

「ふむ、今日は準備、付き合ってもらうのは明日《あした》いっぱい、仕上げに明後日《あさって》、というスケジュールが理想的なのじゃが」

「……」

どういう遊びなのだろう、それとも他に誰か（声を出している老人?）が、このカムシンと名乗る少年を使って、おかしなことを企んでいるのだろうか、と吉田は警戒する。少年の語る様子に悪意は感じられなかったが、だからといって初対面の、しかもこんな奇妙に過ぎる少年の言うことを、まともに信じられるわけもなかった。

ただ、

心の底から気味の悪い違和感が……既視感にも似た、いつかどこかで感じたような違和感が湧《わ》き上がってくる。目の前の少年にはそんな、無条件で恐怖を呼び起こさせるような、異様さがあった。

（さて、とりあえず話だけは聞いてくれているようですが……）

フードの下からその様子を窺《うかが》うカムシンは、少女の日常の揺らぐ様を冷酷《れいこく》に見つめる。フレイムヘイズの近くにあるといっても、やはり普通の人間はそうそう簡単にこちら側に踏み込んでは来てはくれない。協力を取り付けるには、まだ手間が要《い》りそうだった。

（生まれたときからこの街にいる、というのなら適任には違いありませんしねぇ）

ふう、と溜息《ためいき》を吐《つ》いてから、カムシンは口を開く。

「ああ、とりあえず、もう少し話を聞いてみてください」

「ふむ、それから判断して、できれば明日《あした》一日で良いから、付き合って欲しいんじゃ」

この二人は吉田《よしだ》に、本当に分かってもらう必要を感じなかった。ただ、自分たちの役に立ってもらえればよかった。なにより彼らの事情は、人間が深く考え、捉えたところでどうしようもないことだった。ゆえに、必要以上に深入りさせるつもりもなかった。

冷たい打算として、同時に温かな思いやりとして、彼らはまず、協力してもらうための、気休め程度の前提を放る。

「ああ、終わった後には、起きたこと全《すべ》て、忘れてもらって構いません。いや、むしろその方が良いでしょう」

「ふむ、我々と関わりを持つようなことは、人の一生の内でも、そうそうあるまいからの」

二人は口調同様、答えを急がない。

やがて、呟《つぶや》くように小さな声で、吉田は訊《き》く。目の前の奇妙さを、胸の奥底の怖さを、少しでも和《やわ》らげるために。

「……なにを、するの?」

カムシンの、切り傷を縦断させた唇《くちびる》が、少し笑みの方向に曲がった。

「ああ、至極《しごく》簡単に言えば、歪《ゆが》んだところを直す、というものです。危険は一切ありません。おじょうちゃんは、ただ我々と一緒にこの街のあちこちを感じて、おかしい、と思ったところを我々に教えてくれればいいのです」

「ふむ、正直なところ、この街の違和感を感じ取ることのできる人間を探して、事情を説明して、最後に了解を得る作業をやり直すのは、骨が折れるんじゃよ……実際、いつも手間取るのは、この初動段階でなあ」

「無自覚とはいえ、我々の同志に関わった者として、なんとか引き受けてはもらえないでしょうか。重ねて言いますが、危険は一切ありません」

「……」

おかしな子供が、わけの分からないことを言っている。

吉田《よしだ》としては、そう切り捨てて、一切合財《いっさいがっさい》拒否してしまっても良かった。そうしても、おそらく少年（と老人？）は無理強《じ》いしないだろう……彼からはそんな、威圧感の反対側にある安心感のようなものまでも感じさせられていた。

だから、吉田は断ろうとした。

しかし、それは容易に口から出なかった。

どういうわけか、彼女の胸の奥の違和感が、本来なら恐怖しか与えないだろうその不気味《ぶきみ》さに、本来選ばせるべき拒否とは逆の、承諾《しょうだく》に足るだけの魅力《みりょく》を感じさせていた。

あまりに異質すぎる少年と、どこからか声を出している老人の求め……これは自分が今、欲していたもののように思えた。

意志薄弱な自分に、有無を言わせず押し寄せてくるもの。

紛《まぎ》れもない、恐怖であるはずのそれに、吉田一美《かずみ》は誘惑されていた。

少年らの誘いそのものにではない、それがもたらす、今までと違う眺め。

苦しくて身動きの取れない、八方塞《はっぽうふさ》がりな今を、強引《ごういん》にでも変えてくれる力。

（子供の、おかしなごっこ遊びに少し付き合ってあげるくらいは、いいかも……周りの子が、外国人だからって遊んでくれないのかもしれないし……そう、それに、怖そうなことがあればそこで止《や》めればいいんだし……）

その常識的な考えが、それこそが吉田の、自分自身へのいいわけだった。

そうして、躊躇《ちゅうちょ》すること数秒、

「じゃ、じゃあ……少しくらいなら……」

彼女は絶望への一歩を、無自覚に踏み出した。


真夜中、坂井《さかい》家は自在法『封絶《ふうぜつ》』に包まれる。

この、ドーム状に展開された陽炎《かげろう》の壁は、内部を世界の流れから切り離し、外部から隔離《かくり》・隠蔽《いんぺい》する因果《いんが》孤立空間である。内部の地面には、奇怪な文字列の紋章《もんしょう》が紅蓮《ぐれん》の火線で描かれ、自在法の発現を示していた。

それら、火線も揺れる地面の紋章と、ときおり陽炎の壁に混じる紅蓮の色が不気味《ぶきみ》に揺れる光景は、炎獄《えんごく》という言葉を坂井悠二《ゆうじ》に連想させた。この中に囚《とら》われた物と者は、外との因果を断たれて静止する。中で動けるのは〝紅世《ぐぜ》〟に関わりのある者だけ。悠二は例外中の例外で、普通に動くことができる。身の内に宿した、時の事象に干渉する〝紅世《ぐぜ》〟の秘宝『零時迷子《れいじまいご》』の力だった。

その悠二と、この封絶《ふうぜつ》を張ったシャナの姿は、坂井家の屋根の上にある。

二人並んで、屋根の天辺《てっぺん》・棟《むね》に座っている。

悠二はTシャツにジャージのズボン、シャナは炎髪灼眼《えんぱつしゃくがん》を煌《きらめ》かせ、薄手の寝巻きの上にフレイムヘイズの黒衣《こくい》を羽織《はお》っている。もちろん夜の逢引《あいびき》などではない。お互い、零時《れいじ》を前にした夜の鍛錬《たんれん》の真っ最中だった。

悠二《ゆうじ》の内にある『零時迷子《れいじまいご》』は、先の力以外にも、その日に宿主が消耗《しょうもう》した"存在の力"を午前零時に完全回復させるという、脅威《きょうい》の力も持っている（というより、これが本来の用途である）。"紅世の徒《ぐぜのともがら》"秘宝中の秘宝と呼ばれる所以《ゆえん》だった。

二人は零時の来る前、この回復の前提がある悠二自身の"存在の力"を使って、様々なフレイムヘイズとしての力や自在法などを鍛錬し、また試しているのだった。

悠二は数日前の戦い以降、とある鍛錬を継続して行っている。炎獄《えんごく》の景色から、シャナと同じ紅蓮《ぐれん》の色を黒い相貌《そうぼう》に取り込み、真剣な表情で精神を集中させている。

この鍛錬についてシャナが彼に示したのは、

「持っているイメージ、それだけで心を占めるの。『小さく集める』のは駄目《だめ》。『大きな全て《すべ》』にする。集中っていうのは、寄せ集めることじゃなくて、それ以外をなくすことなの」

という十五秒のレクチャーのみ。

それでも言われた通り、悠二は一つのイメージのみを思い浮かべ、目的の力を捉《とら》えようとしている。不幸中の幸いと言うべきか、イメージはこれ以上ないほどはっきりと、脳裏に刻み付けられていた。

濁《にご》った紫《むらさき》の炎《ほのお》の向こうから、自分の存在（命、と言えるものが自分にあるのか、悠二には確信が持てなかった）を分解しようと迫る腕。

数日前、この御崎市《みさきし》を襲った三人の〝紅世《ぐぜ》の徒《ともがら》〟の一人、強大なる〝紅世《ぐぜ》の王〟、変幻自在の姿と力を誇る〝千変《せんぺん》〟シュドナイの、腕だった。

その戦いの中、悠二は危うく〝ミステス〟たる身を分解され、『零時迷子《れいじまいご》』を奪われるところだった。具体的には、腕を体の中に突き通され、存在の根本への干渉を受けた。

が、そのとき、一つの……『戒禁《かいきん》』というらしい、一つの力が、シュドナイの腕を折った。名にし負う強者である〝紅世の王〟の腕を、あっさりと。まるで石膏像《せっこう》のように。その直後にマージョリーの救援もあって、結果、悠二は存在を保ち続けることができている。

ところが、シュドナイは要らぬ置き土産《みやげ》を悠二の中に残していた。

折れた腕、そのものである。

どことも言えない体の中に、〝紅世《ぐぜ》の王〟の強大な力の一部が異様な実在感とともに漂《ただよ》っている……まるで自分の中に、もう一本腕があるかのように感じる……そんな悪寒《おかん》に耐えかねた悠二は、この厄介な置き土産を制御《せいぎょ》するために、必死の鍛錬を行っているのだった。

シャナが言うには、巧《うま》く制御できれば戦闘に利用できるかもしれない、とのことだったが、始めて数日では、悪寒を抑え込む程度が精一杯だった。

そうでなくても、戦闘力では普通人となんら変わるところのない悠二が、フレイムヘイズと〝徒《ともがら》〟の戦闘に参加したりするのは、無謀《むぼう》を通り越した愚かな行いである。もちろん、悠二としても、望んでそんな勝負に出ようとは思っていなかった。シュドナイと対峙《たいじ》することになったのも、様々な成り行きからの結果で、自分ではできるだけ危険を避けたつもりだったのだ。

(この腕といい、『零時迷子《れいじまいご》』といい、妙なものに取り付かれるのは、僕の宿命だったりするんだろうか?)

思いつつ、棟《むね》に腰掛けて、封絶《ふうぜつ》の様をいつしかぼうっと眺めていた彼に、叱責《しっせき》が飛《と》んだ。

「悠二《ゆうじ》、集中力が乱れてる」

その隣に座り、指先だけで手を繋《つな》いだシャナである。

「ご、ごめん」

「うん」

「……?」

その一言で叱責が終わった。

どうも今日は、シャナの様子がおかしかった。

下校のときはいきなり先に帰ってしまうし、家に帰ってみたら妙にムスッとした顔で黙り込んでいるし、夜の鍛錬《たんれん》にやってきたときも妙に距離を取っていたし、今も自身の鍛錬を放って悠二の監督ばかりしていた。

どことなく、よそよそしい。

無神経に(と、無神経な少年は思った)ズカズカやってきては、さばさばてきぱきと物事をこなしてゆく、いつもの彼女らしくなかった。

（なにか、悪いことしたかなあ？）

考えても、思い当たる節はない。

と、今度は別の方向、シャナの胸にあるペンダントから叱責が飛んできた。

「なにをぼうっとしているのだ、坂井《さかい》悠二。指示を受けたら、即座に改めぬか」

「ご、ごめん」

思わず同じ台詞《せりふ》で謝る悠二に、追い討ちがかかる。

「貴様は既に『零時迷子《れいじまいご》』の回復時間を感じることができている。それと違う性質、しかも身の内にある〝存在の力〟など、容易に把握できるはずだ。その制御《せいぎょ》も然り。あとは貴様の真剣味一つということだ」

「わ、分かってるよ」

「ならば早々《そうそう》に始めるがいい」

「……」

アラストールの方は、なぜかいつにも増して刺々《とげとげ》しい。

これも常の、素《そ》っ気《け》なくはあっても意地悪ではない、公正な厳しさではなかった。どこか怒りを抑えているような気配がその声から感じられて、非常に居心地が悪い。

（い、いったい僕がなにをしたんだ!?）

よそよそしくはあっても指をしっかりと摑《つか》んでくるシャナと、平静を装って怒るアラストール……これらを横に置いて精神を集中するのは正直、無理というものだった。

しかし幸い、そんな悠二《ゆうじ》の微妙な苦境は、長く続かなかった。

紅蓮《ぐれん》を時折過《よ》ぎらせる陽炎《かげろう》の中に一点、

「?」

揺らぐ夜空を無視して、確と輝く星が現れた。

群青《ぐんじょう》の、星が。

それは、いきなり大きくなって炎《ほのお》の渦《うず》となり二人の前の屋根にズドン、と降り立った。

「毎日毎日、飽《あ》きずによくやるわねえ、あんたたち」

「ヤーッハーッ！　二人の熱い夜を邪魔して悪いな～あ？」

渦《うず》巻く群青の炎を吹き飛ばして、いつものように派手《はで》に騒々しく姿を現したのは、『弔詞《ちょうし》の詠み手』マージョリー・ドーと〝蹂躙《じゅうりん》の爪牙《そうが》〟マルコシアスだった。

その出で立《い》ちは、フレイムヘイズとしての彼女の常備品であるドでかい本型の神器〝グリモア〟こそ右脇に挟んでいるものの、艶《つや》やかな栗《くり》色の髪を適当に後ろでまとめていたり、浴衣《ゆかた》を襟《えり》や両袖《そで》の位置もいい加減なまま帯でくくっていたりと、いかにも「宿からちょっと出てきた」風なぞんざいさである。足元に目を落とせば、綺麗《きれい》に爪《つめ》も整えられた素足《すあし》はつっかけ履《ば》きだった。

もっともこの美女は、シャナと同等の存在感と貫禄《かんろく》を持っているため、乱れた格好も『そういうファッション』であるかのように見せている。

「こ、こんばんは」

まさに、聳《そび》え立つ、という形容がぴったりな女傑《じょけつ》の登場に度肝《どぎも》を抜かれた悠二は、上擦《うわず》った声で挨拶した。

「新しい気配のこと？」

シャナの方は、いきなり用件を切り出した。マージョリーに対しては、全くいつもの通りの調子である。やはり自分がなにかしたのだろうか、と悠二は改めて考えこんだ。

「そうよ。夕方頃、でっかいのが来てたでしょ」

「やーっぱフレイムヘイズみてえだな、クソ面白《おもしろ》くもねえ」

（あんたたちが面白かったら、こっちは大変だよ）

悠二は好戦的な〝紅世《ぐぜ》の王〟の言い様と、ついでに自分の事情を思って、溜息《ためいき》を吐《つ》いた。

（やっぱり、おとなしく言うこと聞いてれば良かったのかなあ……？）

そう。下校時にシャナと別れたのは、今も街をうろついている気配の出現がきっかけだった。

帰り道で合流した頃、二人は同時に、新たな気配が御崎《みさき》市にあることを感知した。かなり大きくはあったが、〝徒《ともがら》〟に感じたそれよりも、はるかに静かで穏やかな気配だった。

シャナはこれについて即断した。

「フレイムヘイズね。周囲に〝存在の力〟の乱れはないし、自在法の発現も感じられない」

「会いに行かなくていいのか？」

悠二《ゆうじ》にとっては普通の質問だったが、シャナは怪訝《けげん》な顔で訊《き》き返してきた。

「なんのために？」

「なんの、って……情報の交換とか、挨拶とか、することは――」

「ない」

シャナはきっぱりと答えた。

「フレイムヘイズは普通、お互い無駄《むだ》に干渉《かんしょう》し合ったりはしないの。情報を交換する場所も決まってる。人づての情報であっても欲しい者、価値のある情報を持ってる者、みんなそっちに行く。今、こっちに欲しいと思う情報はないし、あっちが情報を欲しがっているとしても、わざわざ行ってあげる義理は無い」

流れるような理屈に、悠二は怯《ひる》んだ。

シャナはさらに言葉で押してきた。

「これだけ大きな気配を持ってる奴《やつ》なら、この街に私や『弔詞《ちょうし》の詠み手』がいることを感じてないわけがない。この意味は分かるでしょ？」

窺《うかが》うように、試すように、シャナは問いかけた。

「えっと……もし〝徒《ともがら》〟なら、強敵がいる所に踏み込むときは、まず人を喰ったり自在法を使ったりして戦いの準備をする、ってこと？」

「うむ」

アラストールが代わりに答えた。その声には、僅《わず》かに満足げなニュアンスが入っていたように感じられた。これはいつものやりとりで、シャナも少し笑ったような気がした。だとすると、
その後に付け加えた一言が、まずかったのか。

「でも、いちおう様子を見に行った方が良くないかな。あっちは池《いけ》や吉田《よしだ》さんの家の方――」

「先に帰る」

「えっ？」

なにを訊く間も表情を確かめる間もなかった。

シャナはいきなり跳《と》び上がって、屋根の向こうに消えてしまった。

（僕が知ったかぶりして、余計な口出ししたことが、そんなに気に喰わなかったのかな……なら、そう言ってくれればいいのに）

思い返す悠二を、マージョリーが手の甲《こう》を下に向ける形で指差した。

「この、あんたたちの連れにかかってる『戒禁《かいきん》』の件、話し合ってなかったでしょ。今来てる奴が変なちょっかい出す前に、いちおう知ってること教えとこうと思ってさ」

悠二《ゆうじ》は意外という風な感想を漏《も》らす。

「あんたたちにしては慎重《しんちょう》なんだな」

マージョリーは、数百年の戦歴を誇るフレイムへイズ屈指《くっし》の殺し屋として、少年の間抜けな質問を鼻で笑い飛ばした。

「ふん、状況を未整理のままにして、あんたたちに私たちの戦いを引っ掻《か》き回されたら堪《たま》ったもんじゃないからよ。戦うときは好きにするけど、自分から不利を呼び込むほど酔狂《すいきょう》でもないの」

「美味しく戦うってのには、それなりにコツがあるってことさ、兄ちゃん、ッヒヒ」

悠二はぐうの音も出ない。

そんな彼の前でマージョリーは腰を折り、話題の中心たる〝ミステス〟を眼前に捉《とら》えた。美女の顔が俄《にわ》かに近付いてどぎまぎする悠二をよそに、今度は凄腕《すごうで》の自在師として彼女は口を開く。

「あの〝千変《せんぺん》〟の腕をもいだ程の『戒禁《かいきん》』……私でも組み上げられるかどうか」

「は、はあ、――――!」

悠二の、どもりながらの返事が、不意に体ごと硬直した。

妙に思ったシャナが見れば、悠二の視線は体を折ったマージョリーの胸元に注がれている。

悠二の真正面にある緩《ゆる》んだ浴衣《ゆかた》の襟元《えりもと》からは、豪勢《ごうせい》というしかない胸の谷間が丸見えだった。

シャナは思わず、悠二と繋《つな》いでいた指先を強く握り込んでいた。

「っ!?　痛い痛い痛い!!」

突然、指先を万力《まんりき》のような力で締め付けられて悠二は飛び上がったが、シャナは離さない。

とりあえず痛さギリギリのところまで力を緩めて、跳《は》ねた悠二を元の場所、自分の隣に引き戻した。

「今日はボーっとしすぎ！」

「い、いやこれはさっきのとは!?」

「うるさいうるさいうるさい！　いいわけするな!!」

「……」

悠二はその勢いに押されて黙ったが、同時に、決して珍しくはないはずのシャナの怒鳴《どな》る姿に、奇妙な違和感を覚えていた。いつもと同じ言葉と同じ行動、なのに、なにかが違っているように思えた。そう、いつもの厳しさや誤魔化《ごまか》しではない、妙に切羽《せっぱ》詰まったような――

その、ほんの一瞬だけ心を過《よ》ぎった疑問は、マージョリーの溜息《ためいき》ですぐ消えた。

「なーにやってんのよ、あんたたちは」

自分が原因とは思っていない美女は、肩をすくめて呆《あき》れ顔を作る。

「遊んでないで話、続けるわよ」

マルコシアスがヘラヘラと笑いながら軽薄流暢《けいはくりゅうちょう》な声色で、同じ〝紅世《ぐぜ》の王〟に語りかける。

「ん〜で、〝天壌《てんじょう》の劫火《ごうか》〟よお。『戒禁《かいきん》』のことは兄ちゃんに説明したのか？」

「基本的なことはな」

アラストールは遠雷の如き重く低い声で、短く答えた。彼はこの、正反対の性格をした〝蹂《じゅう》躙《りん》の爪牙《そうが》〟と話すのがあまり好きではないのだった。

その雰囲気を感じて、悠二《ゆうじ》が言葉を継ぐ。気分は口述テストである。

「え〜と……〝ミステス〟に収めた宝具《ほうぐ》を守るための自在法で、稀《まれ》に作られる、戦闘用の宝具を使う〝ミステス〟にかけられる、だっけ」

マージョリーの脇に挟《はさ》まれた本がガタガタ揺れて答えた。

「ヒヒヒ、ま〜ま〜だな。加えて言やあ、その強固さは、かけた際の意志力の強さに比例するってことか。スグレ物だと、封絶《ふうぜつ》の中でも動けたりするわけだ。しっかし、ミョーな話なんだわな、これが」

「妙？」

悠二はまだ、応用編までの講義をアラストールから受けていない。

「ああ。使い道から分かるだろーがよ、この自在法は普通、〝ミステス〟を作った直後にかけるもんなわけだ」

「そうか。僕は最初から『零時迷子《れいじまいご》』を収めるために作られた〝ミステス〟じゃないものな。他《ほか》から転移してきたのに、その『戒禁《かいきん》』はまだかかっていた、か」

悠二《ゆうじ》の流れるような、本人は意識していない見事な理解力と即答に、マージョリーは感嘆の表情を作った。シャナもほんの少しだけ、誇らしげな微笑を浮かべる。

当の少年は、口述試験の緊張から、周囲の空気に気付いていない。

「僕の前に分解された〝ミステス〟って、たしか……」

合格点を出した生徒に対する教師の声で、アラストールが答えてやる。

「うむ、かの〝約束の二人《エンゲージ・リンク》〟の片割れだ。貴様の『戒禁《かいきん》』が、いつ誰に施されたものなのか、威力だけでは判別はつかぬが……発動時の状況はどのようなものだったのだ？」

話を振られたマージョリーは、唇《くちびる》に指先を当てて思い出す。

「そーね、接近しながら遠目で見てたけど……〝千変《せんぺん》〟の奴《やつ》、腕を突き通して軽く分解しようとしたら――」

説明の影でシャナは、今さらのように悠二が絶体絶命の危機にあったことを知らされて、僅《わず》かに顔を青ざめさせた。

「いきなりボキリ、よ。あいつが、油断してたとはいえ『戒禁《かいきん》』に阻《はば》まれるなんて、私も驚いたわ。威力だけなら、あの女のものと同等と言っていいわね」

マルコシアスも、軽い声の端《はし》に困惑《こんわく》を匂《にお》わせる。

「そーもそも『零時迷子《れいじまいご》』ってえ宝具《ほうぐ》は、あの二人しか使ったことのねえ代物《しろもの》だからなあ。兄ちゃんにかけられた『戒禁《かいきん》』が宝具自体に備わってる機能なのか、それとも誰かが後から細工したのか、分かんねえんだよ」

「僕の宝具って、そんなにわけの分からないものだったのか……」

自分の胸に目を落とす悠二に、マージョリーはさらなる追い討ちをかける。

「でも、当面の問題はそっちじゃなくて、腕をもぎ取った後の方だと思うのよねー」

「後？」

シャナが怪訝《けげん》な面持《おもも》ちで訊《き》く。

「そう、後。〝千変《せんぺん》〟の奴、こいつの宝具が『零時迷子《れいじまいご》』と分かって大喜びしてたみたいよ。回復の宝具程度に、なにをどう肩入れしてたのやら。私が横から蹴《け》りくれてやるまで、ほとんど我を失ってたわね」

悠二は頷《うなず》き、言う。

「……うん、そうだ、覚えてる」

どころではない。

焼きついて離れなかった。

言葉は一言一句《いちごんいっく》、表情は鮮明に。

自分に腕を伸ばす〝千変《せんぺん》〟シュドナイの、

（――「まさか、貴様――そうなのか」――）

自身の腕をもぎ取られた苦痛をさえ押して浮かび上がる、爆発的な歓喜の形相《ぎょうそう》を。

(――「まさか、まさかこれほど早く見つかるとは……」――)

存在の危機と同等でさえある、自分がなにか大きなものの一部であるという、引き込まれるような恐怖を感じさせられる、形相《ぎょうそう》を。

「これほど早く見つかるとは？」

アラストールが、悠二《ゆうじ》に言わせたシュドナイの言葉を繰り返した。

シャナが、悠二の指を再び強く握って、言う。

「言葉からすると、〝千変《せんぺん》〟が〝約束の二人《エンゲージ・リンク》〟を討ち滅ぼして、でも『零時迷子《れいじまいご》』を取り逃したってこと、なのかな……？」

「うむ。〝千変《せんぺん》〟本人でなくとも、その知る範囲内において行われたのだろう。そして『零時《れいじ》迷子《まいご》』は、同時期に〝狩人《かりうど》〟に喰われた坂井《さかい》悠二のトーチの中に転移した、ということか」

自分が死んだ『本物』の残り滓《かす》ということを明確に語られて、悠二は少しゲンナリとなる。

「ん？　〝千変《せんぺん》〟の知る、範囲……？」

と、二人の言葉からマージョリーは連想し、

「いや、そうか、[仮装舞踏会《バル・マスケ》]――！」

そして、舌を出さんばかりの渋《しぶ》い顔になった。

「まさか、〝逆理《ぎゃくり》の裁者《さいしゃ》〟の絡《から》んだ企《たく》みなのかしら」

「おーいおい、カンベンだぜ、〝千変《せんぺん》〟の野郎《やろう》。今さら忠勤《ちゆうきん》を気取る柄《がら》かよ」

マルコシアスまでもが、珍しいことに苦々しい声でぼやいた。

わけが分からない悠二を置いて、アラストールが言う。

「あ奴《やつ》は長く、[仮装舞踏会《バル・マスケ》]と距離を取っていたはずだが……」

「でも、星のお姫様に頼まれたら、なんでもホイホイするでしょーね。そういう奴よ」

「ケーッ、主無し《あるじな》の捨て犬どもが。今度はなんのつもりだ?」

シャナがようやく、歴戦の士たちの会話に加わる。

「[仮装舞踏会《バル・マスケ》]って、〝徒《ともがら》〟の大集団の一つね……?」

「うむ。坂井悠二」

それまでの不機嫌も吹き飛ばした真剣な〝天壌《てんじょう》の劫火《ごうか》〟の声に、悠二は背筋を伸ばす。

「え、はい!?」

「貴様の『零時《れいじ》迷子《まいご》』に関する事態は、我らが考えていたよりも、意外に大きいやも知れぬ」

「……」

「今、この街に現れたフレイムヘイズは、直接それと関係はあるまいが、ともかく時を惜しんで励め。奴らが動き出すとなれば、あらゆる可能性を視野に、今後の方針を決めてゆくこととなろうからな」

悠二は分からず、

「え、それって、どういう……」

シャナは理解して、

「ここから……?」

それぞれ言い、そして悠二《ゆうじ》はシャナの言葉からようやく理解した。

(ここ、から……)

旅立つ。

この御崎《みさき》市から、出て行く。

自分の中にある秘宝『零時迷子《れいじまいご》』を狙《ねら》う〝紅世の徒《ぐぜのともがら》〟の大集団(初耳だった)から身を守ろうというのなら、たしかに一つ所に止《とど》まっているのは危険だった。それどころか、他《ほか》でもない自分の存在こそが敵を招き寄せているとしたら……自分はこの街にとって害毒でしかない。

シャナたちが自分を守り戦ってくれるとしても、その負担を自分の我侭《わがまま》から無駄《むだ》に増やしてしまうような真似《まね》は絶対にできなかった。彼女らこそが、まさに命を賭《か》けて〝徒《ともがら》〟と戦っているのだから。

そう、理屈では分かっている。

(旅、立つ……?)

もし、アラストールたちの言う脅威《きょうい》が本当なら、今すぐにでもこの街を出て行くのが上策《じょうさく》に決まっていた。決まりきっていた。

しかし、動かそうとした口は、重く、硬《かた》く、

「御崎市を、家を、出る……？」

出した声は、夏の夜にも白く凍《こお》るような、うそ寒さに満ちていた。

アラストールは答えなかった。

マージョリーたちも黙って見ている。

一人、シャナがその躊躇《ちゅうちょ》と恐れに、告げた。

「そう、出る」

その言葉は、悠二にとってはある意味、憧れでさえあった。

そのはずだった。

フレイムヘイズ『炎髪灼眼《えんぱつしゃくがん》の討ち手』シャナと一緒に、『零時迷子《れいじまいご》』を宿した〝ミステス〟坂井《さかい》悠二が、広くて遠い世界を、永い永い時を、共に歩んでいく。

自分の今ある境遇を考えればそれしかない、拒否など思いもよらない、進む道。

しかし、実際に具体的にどうするかなど、全く考えたこともなかった、進む道。

進むべき、ではない、進まねばならない、でもない、ただ事実として、進む道。

坂井悠二は、このとき、ようやく、初めて、その道の最初の一歩を踏んだのだった。

無邪気《むじゃき》な夢や気楽な空想を覚まし、その道を現実として捉《とら》えるという、一歩を。

生まれ育った故郷、御崎市を背に、出て行く。

自分の安住の地から、家から、学校から消える。

母や、父や、友人たちの元から、旅立つ。

それら猛烈《もうれつ》な、後悔にも似た未練を湧《わ》きあがらせる、悲しい道を想像して、悠二《ゆうじ》は思わず声を出していた。

「そ、そんな、急に言われても……」

この『自分』は、〝紅世《ぐぜ》の徒《ともがら》〟との戦いにおいては、〝存在の力〟を少し扱えるというだけの存在である。ときにはシャナよりも敵の気配を鋭敏に察知できるが、戦闘そのものでは全く役に立たない。

ただの人間としての力は、あるいはこれよりもさらに心許《もと》ない。十六歳《さい》の子供でしかない。免許の一つも持っていない。飛行機に乗ったこともない。新幹線の切符を買ったこともない。ろくにデパートに行ったこともない。御崎《みさき》市駅の反対側さえよく知らない。大通りと高架《こうか》と交差点から向こう、市外に出たこともあまりない。散髪《さんぱつ》屋には馴染《なじ》みの店以外に行けない。スーパーでの値段の高低も分からない。二万円より大きな金額を財布《さいふ》に入れたこともない。

ない、ない、ない、ない、ない――

ないない尽くしとは、まさにこのことだった。

とにかく『坂井《さかい》悠二』には、人間としてのなにもかもが、なさすぎた。

それに、出て行くという行為は、自分だけの問題ではない。

学校はどうするのか（最初に脳裏に浮かんだのはこれだった）。辞めるなどという選択肢《し》は欠片《かけら》も考えたことがなかった。

母・千草《ちぐさ》を一人だけ家に残していくのか。心細い、悲しい。

父・貫太郎《かんたろう》になんて言い訳すれば良いのか。怖い、寂しい。

友人たちとも別れなければならないのか。辛《つら》い、悔しい。

想像さえできない、それらの別れと生活全《すべ》ての変化。

そしてなにより、
それらの人たちを、〝徒《ともがら》〟の跋扈《ばっこ》する世界の中に、無防備なまま置いていくのか。

シャナからは、同じ場所を〝徒《ともがら》〟が二度襲うことは稀《まれ》だと聞いたが、しかし現に〝狩人《かりうど》〟フリアグネの後に〝屍拾《しかばね》い〟ラミーがやってきた。その後に〝愛染《あいぜん》の兄妹〟ソラトとティリエル、〝千変《せんぺん》〟シュドナイもやってきた。短期間の内にである。

ラミーはフリアグネの異常な大喰いによって生まれたトーチ（自分もその一人だ）を求めて、ソラトとティリエルはシャナの大太刀《おおだち》を求めて、シュドナイはその護衛として、とそれらの襲来には、たしかに何らかの必然があったわけだが、三度も来たというのは厳然《げんぜん》たる事実である。

さらになにか別の必然が生じないと、誰に保証できるだろうか。

そんな危険性を承知で、この街から出て行って良いのか。

といって、このまま居続ければ確実に、シュドナイが報《しら》せただろう〝紅世《ぐぜ》の徒《ともがら》〟の大集団による襲撃があるはずだった。この場合は、絶対に犠牲《ぎせい》者が出る。今度は母の番かもしれない、池《いけ》や吉田《よしだ》、佐藤《さとう》や田中《たなか》かもしれない。そんなことになったら、と想像を働かせることさえ拒否してしまう、それは絶望の未来図だった。

しかし、そう、それを言うなら、実は海外にいる父だって危ないのだ。父の隣にシャナはいない。ある日突然母が、父など居なかったかのように振舞い始めたら……。

では、父をこの御崎《みさき》市に呼び戻して守れば良いのか？　それは、危険の中にわざわざ呼んでしまうことにならないか？　〝徒《ともがら》〟の大集団を相手に守れるのか？　第一、自分たちは出て行くかもしれないのに？　父の意志は、仕事はどうする？　二人に自分たちの事情を話すのか？　こんな突拍子《とっぴょうし》もない話に理解を示してくれるのか？　話せば一生怯《おび》えて暮らさねばならないのではないか？　父も母もただの人間なのに？　そう、そうだ、なにより、そんな自分はなんだったか、知らず忘れようとしていなかったか!?　父や母に言えるのか？

坂井悠二《さかいゆうじ》は、とっくに死んでいる!!

今ここにいる自分は、たまたま宝具《ほうぐ》の力で永く持っているだけの

ギュッ

と握られて、我に返った。

「!!」

知らず冷や汗をびっしりかいていた悠二の指が、シャナに強く握られていた。

きつくではなく、しっかりと、強く。

自分を見つめる紅蓮《ぐれん》の灼眼《しゃくがん》の、恐ろしいまでに強い輝きに当てられて、悠二は負の方向へ雪崩《な》
崩《だれ》ようとしていた思考の奔流《ほんりゅう》から、辛《かろ》うじて逃れ出た。

「あ……、ごめん」

その煌きに向けて、悠二は謝っていた。

シャナは答えず、ただ灼眼《しゃくがん》を少し伏せて、言う。

「まだ、今すぐ出るわけにはいかない」

彼女の声の、姿勢の厳しさは変わらない。

「この街の歪《ゆが》みは大きすぎる。せめて調律師が来るまでは〝徒《ともがら》〟の襲撃を警戒しないと」

「ふ〜ん、[仮装舞踏会《バル・マスケ》]襲撃の危険性と、どっちが上か……」

マージョリーはそんな同業の少女の言い分に、微妙な声で返した。

確率的にはほぼないといっていいが、もし次にこの街に〝王〟クラスの〝徒《ともがら》〟がたまたま、

〝存在の力〟の乱獲を行ったら……たしかに、恐ろしいことになる。

この世の歪みがある程度まで巨大化してしまうと、それを感じられる者たち、つまりフレイムヘイズと〝紅世《ぐぜ》の徒《ともがら》〟、双方を呼び寄せることとなってしまうのである。

巨大な歪みとは〝徒《ともがら》〟にとって、夜の闇《やみ》に、ぽつん、と点《とも》っている灯火を見つけるようなも

のである。少しでも好奇心《こうきしん》のある者なら近付いてゆく。そして当然と言うべきか、この世で自《じ》侭《まま》に過ごす欲求を持つ彼らの大半は、好奇心旺盛《おうせい》なのだった。

フレイムヘイズがやってくる理由は、もっと簡単である。歪《ゆが》みはまさに"徒《ともがら》"の痕跡《こんせき》なのだから、それを討滅《とうめつ》する使命を持つ彼らは、まず調査にやってくる。そこに"徒《ともがら》"を見つければ交戦に入る。過去に幾度か起きた大戦はほとんどの場合、この連鎖《れんさ》反応にも似た双方の集結を大きな要因としていた。

つまり、フリアグネを起点とした御崎《みさき》市にある歪みが、今以上に大きくなるのを防ぐために、この街を守らねばならない。調律師が来るまで。

「その、調律師って、なんなんだ？」

悠二《ゆうじ》が訊《き》いた。自身の今後を決めるキーワードだということくらいは分かった。

シャナは彼の方を向かず、封絶《ふうぜつ》の揺らめく陽炎《かげろう》を見ながら答える。

「この世の歪みを調整して、修復するフレイムヘイズのことよ。だいたい、戦いを長く続けて復讐心《ふくしゅうしん》をすり減らした、古いフレイムヘイズがなる」

アラストールがその説明を補足する。

「戦いの中で研磨《けんま》され、復讐心を超えた使命感の塊《かたまり》となった者たちだ。無論、永い時を生き抜くだけのしたたかさと強大な戦闘力も持っている」

「そいつらは、いつ頃やってくる……？」

悠二の核心の問いに、シャナは首を振って答えた。炎髪《えんぱつ》から火の粉《こ》が僅《わず》かに舞い散る。

「分からない。調律師の絶対数は少ないけど、彼らは歪みを見つける専門家だから、現れるのは時間の問題だと思う」

「そうか……」

悠二の慨嘆《がいたん》に、シャナは小さく言う。

「でも、それまで頑張《がんば》ることは、できる」

「うん」

アラストールは、そんな二人の新たな決意を確かめると、マージョリーたちに向けて当座の方針を示す。

「思わぬ話になったが……〝蹂躙《じゅうりん》の爪牙《そうが》〟マルコシアス、『弔詞《ちょうし》の詠み手』マージョリー・ドー、今日この地に現れたフレイムヘイズの扱いについては、保留でよいな」

言われた二人は、少年少女の様へ の苦笑とともに諾《だく》と答える。

「おめえに命令される筋合いはねえが、ま、いーだろ」

「話すべきことは話したしね。あとは向こう次第かしら」

これは、ケンカを売ってくれれば買う、の同義語である。

「でも、これだけ穏やかな気配だと、ちょっと期待できないか」

言うとマージョリーは、誰とも知らないフレイムヘイズを隠す夜景に目線を流した。そうして、今の自分とこれからの自分について、思いを馳《は》せる。

(私は、どうしようかなあ……)

マージョリーが黙ってしまったので、悠二《ゆうじ》は、なんとなくシャナと顔を見合わせた。

見る者の心も燃やすような、彼女の炎髪《えんぱつ》と灼眼《しゃくがん》が煌《きらめ》いている。

そんな彼女の存在を、自分たちを包んで紅蓮《ぐれん》の色を揺らめかせる封絶を、零時が近付いてくるのを、感じる。

前は、感じられなかった。

少しずつ、前に進んでいる。

それを確かめながら、思う。

(いつか……いや、近い将来、ここから、旅立つ……)

思い描いていた夢は、ただ始まっただけにせよ、現実となった。

たくさん、本当にたくさん、考えねばならないことができていた。

一介《いっかい》の少年が抱《かか》え込むには重すぎ、また大きすぎる問題だった。

しかし、考えねばならなかった。

これは、自分の前に敷《し》かれ広がる、現実なのだから。

悠二は、全《すべ》てへの悲しさや辛《つら》さ、寂しさや未練など溢《あふ》れるものを精一杯に隠して、それでもすがるのではなく、立ち向かう言葉として、傍らの少女に言った。

「もう少し、待ってよ」

「……」

シャナは、彼が隠したものを全て見抜いて、しかし隠したという行為自体を評価して、強く笑い返した。その胸の内に凝《こ》り籠《こも》っていたモヤモヤとした気持ちは、すっかり消えていた。今、悠二と小さく繋《つな》いだ指先にこもった気持ちの前では、その程度のものなど、全く問題ではなかった。

それを表情に、密かに込めて、頷《うなず》く。

「うん」

しかし彼らは、その『もう少し』を持つことさえ、許されなかった。

今、御崎《みさき》市に新たに現れたフレイムヘイズは、調律師だった。

それを、彼らは知らない。

ここから二日後の話

どことも知れない暗闇《くらやみ》、その床に、馬鹿《ばか》のように白けた緑色の紋章《もんしょう》が煌々《こうこう》と輝いていた。

その紋章に照らされて、棒のように細い白衣の〝教授〟が立っている。

「こぉの世の歪《ゆが》みのもたらすものとはなぁーんなのか？　分あーかりますか、ドォーミノォー」

隣には、二メートルを超すガスタンクのようなまん丸の〝燐子《りんね》〟ドミノが付き添っていた。

「はあーい、教授ぅひははは《いたたた》」

指先をマジックハンドに変えた教授の手がにゅうっと伸びて、ドミノの、発条《はつじょう》でできた顔モドキをつねりあげた。

「私だって分かっていなあーいから、こぉーうして研究しているんですよぉー？　そぉれを、なんでおまえが分かっちゃあーったりするんです？」

「ひへひへ《いえいえ》、ほふひふほほへは《そういうことでは》……『はい教授、分かりません』と言おうと思ったわけで」

バン、と教授は手を額《ひたい》にやる、

「なぁーんでっ!?」

つもりが、ガン、と重い打撃音になった。手をマジックハンドにしたままだったのを忘れていたのである。

「っ、っ——そぉんなややこしいことをするんです⁉」

数秒悶絶《もんぜつ》して、何事もなかったかのように言葉を継ぐ。

「はあーい、それは昨日《きのう》教授が『下僕たるもの、ご主人様に対する返事には、拒否でもまずハイと答えるように』と仰《おっしゃ》ったからへひはひひはひ《でいたいいたい》」

再びドミノはつねられる。

「私のせぇーいだと言うんですかぁ、ドォーミノォー」

「ひへひへへひへ《いえいえけして》ほんなことは……私め程度には、深く遠き真理《しんり》など、その欠片も分かろうはずがございません。是非《ぜひ》ともご教示をお願いしますでございます、教授」

「んんー、んふふふふ、んんー、そぉこまで乞《こ》われては、断るわけにもいーきませんねぇー、よぉろしい‼」

白衣をズバッと翻《ひるがえ》して、教授は体を意味もなく一回転半させ、ドミノに背を向けた。

「……ん、んー？」

やがて、半回転余計だったことに気付き、もう一度、一回転半する。これでぴったりドミノの方に体が向いた。

「おおー！　カッコよろしんでございます‼」

がっしゃんがっしゃん、ドミノは適当な部品で適当に組まれた両掌《りょうて》を打ち合わせて拍手する。

教授は無駄《むだ》に得意げな顔を自分の〝燐子《りんね》〟に向け、ようやく語り出す。

「んーふふふ、まぁーずですねえ、この歪《ゆが》みというのは、この世界を構成する巨大な〝存在の力〟の秩序と流れ、その変調ぉーのことなんですよ。これまでにも幾度か、強大な〝王〟ぉーたちの手によって大ぉーきな歪みが生まれることはありました……んん〜が、しかぁーし！　結局のところ、その変調の行き着く先、秩序の崩壊が実際に起きたことは一度もありません。なぁーんとなれば!!」

振った腕、その指先が蠟燭《ろうそく》のように白けた緑の炎《ほのお》を点《とも》し、そのまま流れるように周囲に炎弾《えんだん》となって飛んだ。暗闇《くらやみ》の壁や天井に着弾したそれらは一瞬で燃え広がり、そこここに床と同じ自在法を展開した。

「あぁーの忌々《いまいま》しい調律師どもが、すんでのところでそれを修復してしまうからです！　なあんてっつ、ナンセンス!!　実ぃーっ際に起きねば、なぁーんにも分からないではありませんか!?　こぉの世の、在り様を、法則を、真理を！　調査し、研究し、解明する！　そぉのためには、まず『現実』こそが欲しい——っ、とっ、いうのに!!　もぉしかしたら、もぉしかしたら、ですよ？　同胞殺しどもの主張ぉーする世界のバランスの崩壊と、もたらされる大災禍《だいさいか》というものが、そぉーの対処の策が、判明するっ、かもっ、しれないっ、とっ、いうのに!!」

俄《にわ》かに明るくなった部屋の中で、教授は一気にまくし立てる。芝居《しばい》染みた身振りで両手を広げ、悲劇の主人公のように掌《てのひら》を額《ひたい》に当てた。今度は見事に決まった。

「ど、おーうして！　奴らは目先の対処療法にしか、目ぇーがいかないのか⁉　こおれはいかん、真実の解明に目を瞑《つむ》って当座の処置ばかり行っているそれ自体が不可解《ふかかい》不愉快《ふゆかい》不誠実《ふせいじつ》‼　つまぁーり、私がなぁすべきは、実行実行また実行！　雨が降っても花が咲いても屋根が落ちても犬が吠えてもまた実行‼　この世の歪みを、ドッカーンと一発‼　生、み、出、す、の、でぇーす‼」

「うおおおおおおお——‼」

再び、ドミノががっしゃんがっしゃん拍手する。

「すんばらしんでございます！　総計五千五百七十二回目、一言一句《いちごんいっく》違《たが》わぬ同じ講義、お見事でしはひははは《たいたたたた》」

余計な一言を付け加えた〝燐子《りんね》〟の頰《ほお》をつねり上げつつ、教授は部屋中に展開した自在法に目をやる。分厚い眼鏡《めがね》が、好奇心《こうきしん》と喜悦《きえつ》に輝いた。

3　懇望

夏の早朝は、これからの暑さ熱さを予感させつつも清々《すがすが》しい。

この、活力の前兆を薫《かお》らす涼しさの中、坂井《さかい》悠二《ゆうじ》は真南《まな》川の堤防に向けて走っていた。

「──はあ、はあ、はあ──」

「…」

早朝の鍛錬《たんれん》は、シャナと出会ってすぐ始まった悠二の日課だが、今日のそれは初めての状況下で行われている。悠二にとって、非常に居心地が悪く、大変な状況下で。

「──はあ、はあ、はあ──」

「……」

ロードワーク自体は珍しくない。これまでにも幾度か、真南川まで走らされたことはあった。忘れられない素晴《すば》らしい光景を、夜明け前にシャナと一緒に見たこともある。

「──はあ、はあ、はあ──」

「……」

初めての状況とは、この鍛錬《たんれん》において、そのシャナがいないということだった。

かわりに、アラストールがいる。

「――はあ、はあ――はあ――」

「………………」

悠二《ゆうじ》の首に、アラストールの意志を表出させるペンダント型の神器〝コキュートス〟がかけられているのだった。お互いに、非常に、居心地が悪い。

「――はあ――は、あ――、は――、あ――」

「………………」

シャナにぶったたかれる数ヶ月を経て、悠二はようやく感じ始めていた。自分の意志と体の動きを一体化させるのではない、互いを一歩引いたところから感じ、一緒に流れに乗せ、その充実した感触を得る……そんな言葉にはし難い、体を使う、という行為そのものを。

もちろん、ケンカに強くなった、足が速くなった、などの目に見える大きな結果が出たわけではない。ただ、自分の体が動いていることを頭で感じるようになった、それだけである。

しかし実のところ、それこそが『本能の外で自分の動きを制御《せいぎょ》する』という、戦いに必要な本当の力なのだった。悠二自身は、そんな自分が感じているものの意義の大きさに、まだ気付いていない。

「つひ――、は――、は――」

いつもと違う、二人で一つの人影は、車も少ない堤防沿いの道路にようやく辿《たど》り着いた。この道には信号がないので、本来止まる必要はないが、シャナと一緒のときよりもさらに強い威圧を感じていた悠二は、家からここまで一気に走ってきた。彼女らと出会う前に比べれば、その疲労度ははるかに減ったと思うが、それでもキツいものはキツい。

休憩《きゅうけい》がてら、見慣れない位置にいる異世界の魔神《まじん》に質問を試みる。

「あ、あの、さ」

「どうした、走れ」

「はい」

問答無用である。

悠二は、車に注意しながら道路を渡ると、ラストスパートにかかった。堤防の、泥に埋もれかけた長いコンクリ階段を一気に上がる。いつかここで見た絶景のおかげで、この行為は苦にならない。上りきった光景への期待感だけがあった。

そして、眺めが開けた。

「っ、わあ――」

一息つく途中で、悠二は割と芸のない感嘆の声を漏《も》らした。

以前見たときと逆の光景が、広い真南《まな》川の河川敷《かせんじき》に広がっていた。

河川敷の駐車場、その脇のグラウンド、その全《すべ》てに露店《ろてん》が僅《わず》かな道を空けて配置されていた。

それも当然、明日《あした》開催される『御崎《みさき》市ミサゴ祭り』の、ここがメインの会場なのだった。

早朝であるためか、まだ人の姿はほとんど見えず、粗末《そまつ》な板組みの露店のほとんどにはビニールシートがかかっていたり、骨組みだけで中身は空《から》っぽという状態である。

しかし、紐《ひも》でまとめられたポール、立てかけられた大きな空の水槽《すいそう》、無造作に放置してあるガスボンベ、書きかけの看板《かんばん》、なんに使うのか分からない大きなボールやアトラクションのステージ、人の入った寝袋まで――それら常とは正反対の雑多な体積の氾濫《はんらん》には、物事が始まる前の混沌《こんとん》の意志が満ち満ちていて、見ているだけでワクワクしてくる。

悠二《ゆうじ》は今まで、ミサゴ祭りに行ったことはあっても、その準備などは見たことがなかった。

(こんな、光景を見れたのは……シャナの、おかげなのかな)

と、少しいい加減な感謝などしてみる。

(でも)

正直、もったいなかった。つい、その気持ちを口にしていた。

「シャナも、一緒に来ればよかったのに」

(そういえば、今年のミサゴ祭り、池《いけ》は誘ってこなかったなあ……シャナはやっぱり、こういうのは嫌いなのかな――)

そんな思いを中断させるように、胸元から返事が来た。

「我とでは不満か」

「い、いや、そういうわけじゃ!?」

傍《はた》から見れば、一人芝居の練習かアブない人か、という風に両手を大きく振って、悠二は胸のペンダントに向かって弁解する。幸い、周りには誰もいなかった。

アラストールはそんな悠二に、

「ふん、まあよい」

とだけ答えて黙った。なんだか今日の彼からは、昨日《きのう》の不機嫌とも違う、つっけんどんである以上に元気のない印象を受けた。

「あの、さ……なんで、一人だけ家に残ったりしたんだろう?」

ようやく、という形で口に乗せた質問へも、

「知らぬ」

程度の、投げやりな答えしか返ってこない。

二人とも、シャナの意図がさっぱり分からなかった。

今日の夜明け前、坂井家《さかいけ》に現れた彼女は悠二に、恒例《こうれい》の朝の鍛錬《たんれん》を、庭で棒切れを振るというていつもの形式ではない、たまに行うロードワークにした。それだけなら、別に不思議というほどのことはなかったが、どういうわけか彼女は、いつかアラストールが悠二とシャナを追い出したときのように、今度は自分が坂井家に残る、と言ったのだった。

これにはアラストールも相当驚いたようだった。

「悠二《ゆうじ》が怠けないように見張ってて」

言いつつ、ペンダント〝コキュートス〟を首から外した彼女は、なんだか今にも笑い出しそうな、悪戯《いたずら》っぽい表情を浮かべていた。

アラストールはその際、唇《くちびる》を寄せた契約者から一言、密かに聞かされている。

「急に戻ってこないでね」

彼の本体はシャナの身の内にあり、この意思を表す神器〝コキュートス〟は、契約者と〝紅《ぐ》世《ぜ》の王〟、どちらかが望めばすぐその手元に戻る。つまりこの一言は、そうしないで、という少女の念押しだった。

フレイムヘイズとしての彼女なら、アラストールを外しての行動などありえなかった。つまりこれは、そうではないなにか、ということになるが、彼にはその点、さっぱり心当たりはなかった。実は少女は一人で残ったのではなかったし、昨日《きのう》の話が関係もしているのだが、そもそもフレイムヘイズとしての活動以外にほとんど人間らしい観念を持っていない彼に、それが分かるはずもなかった。

ただ、娘《むすめ》の不可解な行動に悩む父親のように、深い溜息《ためいき》を吐《つ》くのみである。そのついでとして、目の前の光景への感想を漏《も》らす。

「これは、祭りか」

「うん。ミサゴ祭りっていってさ——」
魔神《まじん》と少年は、放り出されたもの同士、少しだけ話をした。

いつもの鍛錬《たんれん》終了の時間に二人が家に戻ると、家には珍しく焦《こ》げた匂《にお》いと、ムスッとした顔で食卓につくシャナ、千草《ちぐさ》の用意した朝食、それだけが待っていた。

吉田《よしだ》一美《かずみ》は、その日も変わりばえしない一日を、不本意のまま過ごした。
不本意だが、楽しい、一日だった。
今日は、佐藤《さとう》啓作《けいさく》がやや重い足取りながら登校してきた。
田中《たなか》栄太《えいた》が、実は二日酔いなんだよナハハ、と大声で笑った。
中村《なかむら》公子《きみこ》と藤田《ふじた》晴美《はるみ》がコスメ付き雑誌を持ってきて盛り上がっていた。
池速人《いけはやと》が珍しく教科書を忘れた。
自分は抜き打ちの小テストで、たまたま予習していなかった箇所が出て困った。
誰も彼も、寄ると触るとミサゴ祭りのスケジュールを話し合っていた。
クラスのみんなと、いつもどおりに。

楽しいが、不本意な、一日だった。

平井《ひらい》ゆかりとも、いつもどおり。

坂井悠二《さかいゆうじ》とも、いつもどおり。

結局、いつもどおり。

変えたかった。

壊《こわ》したくはない、しかし変えたかった。

そんな身勝手な願いを胸に、昨日《きのう》言われたとおり、昨日と同じ時間、同じ場所へと向かった。

奇妙な少年・カムシンが、そこに待っていた。


カムシンの、長袖《そで》長ズボンにフードまで被《かぶ》り、肩には布を巻いた長大な棒を担《かつ》ぐ、という姿は、真夏の夕刻、しかも大通りということで、これ以上ないほどに目立っていた。本人は、衆人《しゅうじん》環視などどこ吹く風と悠々《ゆうゆう》歩を進めているが、その傍《かたわ》らにある内気な吉田《よしだ》は、真っ赤《まか》になって俯《うつむ》くしかない。

（静かというのは良いのですが）

（頭に血が上ってもらっては困るのう）

カムシンとベヘモットは自分の都合のみから、そう考える。

彼らは、一介《いっかい》の高校生でしかない吉田一美《かずみ》を必要以上に巻き込むつもりはなかった。

頭の悪い少女には見えなかったが（もしそうなら声をかけたりはしない）、『この世の本当のこと』というものは、全《すべ》てをまともに理解させるには酷《ひど》い面が多すぎた。そうでなくても、人間とは、僅《わず》かでも自分の社会と生活を乱されることを恐れ、嫌う生き物なのである。

それに、語ったところで信じてもらえるかどうかは、実際いいところ、五分五分だった。

普通人を守る常識の壁というものは、常は彼らの異常な行動や現象を阻《はば》み、誤魔化《ごまか》してくれるが、それは同時に、彼らが中に必要な情報を届けようとする際の障壁《しょうへき》にもなる。不思議な現象を目の前で見せたとしても、その中に届かない……つまり、見た人間が、目の前にあることをいいい認めない、という場合さえあった。

カムシンとしては、自分たちの認識を強要するつもりはない。認める認めない、信じる信じないは結局その人間の勝手だから、そこまで踏み込んでいじくるのは、他人の手に余る。が、最低限役に立つ程度、構造を理解してもらい、実感を得てもらわねばならなかった。

説明とは、そんな彼らにとって『必要な機能』を引き出し、『協力的な感情』を誘導するための作業だった。どうしようもないことを一緒に悩んでくれる能無し、事実に感情を混ぜて悲しんでくれる間抜け、どちらも彼らには必要がない。

そうした認識の下で、カムシンは興味本位でも同道《どうどう》を許容してくれた気の毒な少女に説明を始める。大通りの雑踏《ざっとう》を並んで歩きながら、吉田に目を合わせず、気配だけを傍《かたわ》らに置く形で。

まず、軽い口調で、相手にその前提を語る。

「この世には、そこに在るための根源の力……〝存在の力〟というものがあります」

もちろん吉田《よしだ》は、さっぱり分からない、といった風である。

「ゲームか、なにかのお話？」

と、まだ、あくまで、カムシンらのことを普通の人間の延長線上で捉《とら》えようとしている。二人は特に、訂正を求めようとはしない。そのまま説明を続ける。

「この街に、その〝存在の力〟を奪う、人喰いが潜入しました」

「……」

吉田は黙ってしまった。まあ、唐突《とうとつ》な話には違いない。

カムシンは、相手の納得を待たず、勝手に話を進める。

「いや、心配せずともよいのです。もう私の同志がやっつけました」

「殺人鬼とか、そういう、怖い人が来たってこと？」

「人ではありませんが……ともかく、その人喰いは、自分が人を喰ったのを気付かれないよう、細工《さいく》をしていました」

「死体を、隠したり……？」

とりあえず、吉田が話に乗ってきた。良い傾向だった。

「当たらずと言えど遠からず、というところでしょうか」

「そ、そう……それじゃ、なに？」

吉田はそろそろおかしいと感じ始めているようだった。

言葉というのは、その中に語る者の意志を込めて口から出てゆくものである。子供のおふざけという範囲をカムシンが超えていること、つまりカムシン自身が、意志を込めて語っていることを、彼女は感じ始めていた。

「トーチという仕掛けです。それは、喰われた人間に偽装《ぎそう》する〝存在の力〟の残り滓《かす》」

とはいえ、おふざけではないからといって、即座にカムシンの言うことを信じているわけでもない。当然である。今話していることは、常識の壁を破るにはあまりにも無茶な戯言《ざれごと》だった。

「トーチは〝存在の力〟をゆっくり失ってゆき、やがて誰にも気付かれないまま、消えます。つまり、〝存在の力〟を失うと、最初からいなかったことになるのです」

「……怖い、話」

吉田はあくまで空想のものとして捉えつつも、理解はしている。これも良い傾向だった。

「我々の同志は、そういう酷《ひど》い人喰いをやっつけています。私の仕事は、その後始末。人喰いに喰われた後の世界は、人と人、互いに影響し合うはずだった本来の調和を失ってしまいます。そこには不自然な歪《ゆが》みができ……その規模が大きいと、ひどい災《わざわ》いが起こる可能性も出ます」

「災い？」

「実際に起きたのはその予兆《よちょう》までで、詳《くわ》しいことは分かっていませんが……いずれにせよ、危険であると衆目《しゅうもく》は一致しています。その人喰いの側とさえも」

「えっ？」

吉田は疑問に思ったようだが、カムシンはそれについての説明は避ける。詳しく言ったところで、どうせ常人が理解するのは不可能だった。説明するのは、あくまで当面の必要分のみ。

「だから私は、その歪《ゆが》みを修正し、調整するために世界を巡り歩いているのです」

「昨日《きのう》言った、あちこちおかしなところを回る、ってこと？」

少しずつ、吉田は二人の側に歩み寄っている。質問さえ試みる。

「カムシン君？　あの……」

ベヘモットが、そういうときの出番と口を開く。

「うむ、訊《き》けることなら、訊いておくのが良い。話しておくれ」

彼の、老人のような嗄《しゃが》れ声は、人に無条件で安心感を与えるからである。

吉田《よしだ》は、また少年の左腕から出た不思議な声に驚き、それでも口を開く。少年の話を聞いている内に気が付いた恐ろしい推測について、体で感じる不安を隠して、あくまで軽く。

「え、と、カムシン君たちのお仕事がそうだとしたら、この街はもう、人喰いにたくさん食べられた後ってこと？　気付かないだけで、もういっぱい人が死んで、そのトーチだらけになってて……それって、大変なこと……だよね？」

声は普通の、子供の作り話に付き合っているように軽いものだったが、その端々《はしばし》からは不安の色が滲《にじ》み出ていた。質問の内容は、まさに正鵠《せいこく》を射ていた。

カムシンは立ち止まって、僅《わず》かにフードの下から瞳を覗《のぞ》かせた。吉田を見上げたその瞳は、褐色《かっしょく》の肌に良く似合う茶の虹彩《こうさい》。

「ふ〜む、おじょうちゃん、あなたは、なかなか……」

吉田の理解の早いことに、彼は感嘆の声を上げた。

(予想外に、早かったですね)

(その、理解のとっかかりさえできれば、もう十分じゃろうな)

「カムシン君、えと、周り……」

二人、あるいは三人が歩道の真ん中で立ち止まってしまったため、周囲の人込みが迷惑げな表情を浮かべながら彼らを避けていた。吉田はそっちを気にして、しかしもちろんカムシンを押して歩かせることなどもできず、ただ縮《ちぢ》こまった。

カムシンは周りなど無視して、一言。

「百聞《ひゃくぶん》は一見にしかず、と言うでしょう」

空《あ》いている左手を軽く鋭く胸元で振った。その中指から手の甲《こう》を通る二叉《ふたまた》の飾り紐《ひも》が、ガラス玉の擦《こす》れる音をチャラリと鳴らした。

「……あ?」

吉田《よしだ》は驚いた。その動作に注目していたはずなのに、いつの間にか彼の掌《てのひら》に一つの小物が現れていた。少年の小さな掌に収まる程度のガラス板……？

カムシンは、その上下の縁《ふち》を親指と人差し指で挟《はさ》むと、ガラス越しに見通すような形で彼女の前に差し出した。

「最近は、これの元となった道具もとんと見ませんが……知っていますか？」

吉田がこのガラスを通してカムシンの顔を見る。度が入っているらしい。これには優美な模様を刻んだ銀の縁取りもなされており、見覚えのある部品もくっついていた。鼻にはめるためのブリッジとパッドだった。

「映画とかでは、見たことがある……眼鏡《めがね》？」

「ああ、そのとおりです。片眼鏡《モノクル》というんですが……これで周りを御覧なさい」

吉田はわけも分からぬまま、周囲の視線を気にした真《ま》っ赤《か》な顔に、その片眼鏡《モノクル》をあてた。パッドの間隔が大きく、固定することはできなかったため、手に持って覗《のぞ》く形となった。

そして、

「――――!?」

吉田一美《かずみ》の世界が、壊《こわ》れた。

カムシンがもう一度、説明する

「この世には、そこに在るための根源の力……〝存在の力〟というものがあります」

片眼鏡《モノクル》を通して吉田一美の目に映ったのは、幽鬼《ゆうき》の世界。

「この街に、その〝存在の力〟を喰らう人喰いが潜入しました」

歩く人々、その中に混じる、不気味な光。

「いや、心配せずともよいのです。もう私の同志がやっつけました」

目に映るのは、人間。しかし、片眼鏡《モノクル》に映るのは、薄暗い炎《ほのお》の塊《かたまり》。

「その人喰いは、自分が人を喰ったのを気付かれないよう、細工《さいく》をしていました」

人間の中に、それは混じっている。人間の、姿をして。

「トーチという仕掛けです。それは、喰われた人間に偽装《ぎそう》する〝存在の力〟の残り滓《かす》」

ゆらゆらと揺れるそれは、普通の目で見ても元気がない。存在感が、ない。

「トーチは〝存在の力〟をゆっくり失ってゆき、やがて誰にも気付かれないまま、消えます」

薄っすらと、今にも消えそうなそれらが、人々の中を、彷徨《さまよ》う。

「つまり、〝存在の力〟を失うと、最初からいなかったことになるのです」

嘘《うそ》だと、なにかのトリックだと叫びたかった。しかし、その感覚を、彼女は知っていた。

「我々の同志は、そういう酷い人《ひと》喰いをやっつけています。私の仕事は、その後始末」

体の奥底から現れた違和感と不気味《ぶきみ》さを、知って、感じていた。感じたことがあった。

「人喰いに喰われた後の世界は、互いに影響し合うはずだった本来の調和を失ってしまいます」

片眼鏡《モノクル》の中で、炎《ほのお》の塊《かたまり》が一つ、消えた。

「そこには不自然な歪《ゆが》みができ……規模が大きいと、ひどい災《わざわ》いが起こる可能性も出ます」

もう一つの目では、それを認識できない。

「だから私は、その歪みを修正し、調整するために世界を巡り歩いているのです」

震えるような、存在と喪失への違和感だけがある。

そんな人は、いただろうか？　そんな人は、いなかったのではないか？


元大地主だった佐藤《さとう》家の東側には、庭……というより庭園が広がっている。

その片隅に、屋敷東辺から伸びた、張り出し屋根がある。その下は庭園の四季を眺めながら野点《のだて》をするための、半屋外《はんおくがい》の吹き抜け土間で、庭の地面より少し高く土が盛ってある。もう十年の単位で使われていない場所だが、手入れだけは欠かされたことがない。

その黒く硬い盛り土の上では今、どら息子《むすこ》とその友人が、絵に描いたような悪戦苦闘を繰り広げていた。

「いよ……――っ!!」

「病み上がりじゃ無理だって。危ないから今日は止《や》めとけよ」

「いや、でも……まあ、そうだな」

田中栄太《たなかえいた》に言われて、佐藤啓作《けいさく》は意外にあっさり、持ち上げかけていた大剣『吸血鬼《ブルートザオガー》』から手を離した。

重い金属同士が擦《こす》れる鈍い音とともに、その〝紅世《ぐぜ》〟の宝具《ほうぐ》は元の場所、分厚い鉄板を載《の》せた低い台の上に、柄《つか》を宙《ちゅう》に出した形で戻される……といっても、佐藤は柄を握って僅かに浮かせただけだったのだが。

ここは、二人が小さい頃には相撲《すもう》を、大きくなってからは必要なトレーニングを、それぞれ長年行ってきた運動場だった。それが、今はなにがどうなったのか、異世界の宝具を使いこなすための場となっている。

二人は、マージョリーが持ち帰ってすぐ、ここに『吸血鬼《ブルートザオガー》』を運び込み、学校から帰った一時間ほどを、この扱いに費やすようになっている（それ以降はいつもの読書勉強）。

真ん中に据《す》えられた『吸血鬼《ブルートザオガー》』の置き台は、車庫にあった部品加工用の台を運び込んだものである。硬いはずの盛り土は、鋼鉄製の台と大剣の重さを受けて、すでに数センチへこんでしまっていた。周囲の毎日欠かされない手入れ……薄く土の掃かれた美しさが、なんとも虚《むな》しい感じである。

田中が、佐藤の肩を軽く叩《たた》いて下がらせた。

「刃《は》のついたバーベルなんだぞ、コレ。意地でやってて、病気の次は怪我《けが》、なんてことになったらつまんないだろ」

「分かってるよ」

佐藤《さとう》は複雑な表情で答えて、土間の片隅に置いたパイプ椅子《いす》に腰を放り落とした。少し沈んだ顔を田中《たなか》に向ける。

彼は大剣の柄《つか》を右手で、その上から不自然な形になるのを承知で左手を被せると、

「──はあ!!」

気合一閃《いっせん》、全身の力を凝《こ》らし、筋肉の限界までを振り絞《しぼ》って、持ち上げた。

分厚く長い刀身が、見事に浮く。

が、
そこまでだった。

「っ、くそっ!!」

バン、と数センチの高さから落ちた剣の平が鉄板を打った。

「だ、大丈夫か!?」

佐藤は慌《あわ》てて立ち上がる。

「それなりにな」

田中は両掌《りょうて》を向けて苦々しく笑った。ごつく大きな掌《てのひら》の、柄を握った右だけが真《ま》っ赤《か》になっていた。幸い、傷はないようだった。

「でも――いや」

咽喉元《のど》から出かかった、『やっぱり無理だ』という言葉を田中は押し止《とど》める。言ってしまったら終わってしまう、そんな強迫観念さえあった。

佐藤もそれを感じて、なにも言わない。また少し乱暴に腰を下ろした。

それを言葉で示し合わせたことは一度もないが、互いにその禁句を言わないと決めていた。

田中はもう一度、『吸血鬼《ブルートザオガー》』の片手持ちの柄を見つめる。左手も使って持ち上げるやり方を工夫してみたが、やはりその程度でどうにかなるような重量ではなかった。

人間は、バーベルを持ち上げることはできても、それを自由に振り回すことはできない。厳然《げんぜん》たる事実、肉体の限界。

それを分かっていてもやはり、田中は柄を握るのだった。

(姐《あね》さんが振ったときは、刀身に真っ赤な波が起きてた……俺《おれ》たちにもなんとか、それができないか……？)

「なに、あんたたち、まあだやってんの？」

と、背後から気の抜けた声がかかった。

「どうしてこう、私の周りには飽《あ》きたり懲《こ》りたりしない連中が多いのかしら」

端《はし》をくくったロープTシャツという格好のマージョリーが、土間の屋敷側入り口である濡《ぬ》れ縁に立っていた。今日は髪を下ろしていて、栗《くり》色の髪は癖《くせ》もなく背中に流れている。

と、その脇に抱《かか》えた神器〝グリモア〟から爆笑が起こった。

「ヒャーハハハ！　飽《あ》きるも懲《こ》りるもあるわけねえって分かってるくせによおブッ!?」

「お黙りバカマルコ」

叩《たた》いて黙らせる。

佐藤《さとう》が立ち上がって訊《き》いた。

「マージョリーさんがこっちに来るのは珍しいですね」

「探検よ、探検」

「探索《たんさく》だろ、探さブッ！」

「お黙り」

二人のいつものやり取りに、佐藤と田中《たなか》も、つい笑う。

誤魔化《ごまか》すように頭をガリガリ掻《か》いて、マージョリーは言った。

「なんでも経験だから、やるなとは言わないけどね……できないことがあるってのは知っといた方がいいわよ」

できないことを確かめたばかりの一の子分・田中栄太《えいた》が、それでも答えた。赤くなった手を後ろに隠しながら。

「それを知っててもやりたい、っていうのは、許してくれますよね」

「……」

マージョリーは髪をまた少しいじりつつ、答えではない、自分の言葉を続ける。

「……一緒に来るなんていう戯言《ざれごと》だってそうよ。私も何ヵ月後か何年後か、調律師って連中が来たら、出て行かざるを得ないんだから」

言ってから気付いた。

（――？　いつの間に、そんなことを）

決めたというのか。それは昨晩、炎髪灼眼《えんぱつしやくがん》が言ったことではなかったか。

マルコシアスは、こういうときに限ってなんにも言わない。

代わりに立ち上がって言うのは、やけに必死な感じの一の子分（二人ともこの称号を名乗っている）、佐藤啓作《けいさく》である。半ば気をつけの姿勢で。

「マージョリーさんにとっては戯言でも、俺《おれ》たちにとっては違いますよ」

「……」

妙に追い詰められた気がして、マージョリーは面白《おもしろ》くなかった。ふん、と鼻を鳴らしてきびすを返した。そのついでと捨て台詞《ぜりふ》を残してゆく。

「もしそいつが明日《あした》来ても、私は出て行くんだから。そこんとこ、忘れんじゃないわよ」

マルコシアスがなにか言いそうな気配を事前に感じて、〝グリモア〟をバン、と叩いた。

なんとも、締まらない。

（……まあ、不愉快《ふゆかい》じゃ、ないけどね）

夕闇《ゆうやみ》が地平に滲《にじ》み始めていた。

（ど、どうして……）

大通りの人混みは、まさに今がピークだった。

その雑踏《ざっとう》の中に混じる吉田《よしだ》一美《かずみ》は、憔悴《しょうすい》の極みのような顔で、カムシンの後に続いていた。

右手をカムシンの肩について、彼に支えてもらっている。左手には『ジェタトゥーラ』という らしい、例の片眼鏡《モノクル》が握られたままだった。

（どうして……）

ふらつく、どころではない。吉田は震えて、今にも力を失いそうな足を引き摺《ず》り、骨が消えてしまったかのような脱力感しかない体を、なんとかカムシンに添えて立たせていた。しかし、到底彼に感謝する気にはなれなかった。

（どうして）

カムシンの肩は、外見こそ細く小さかったが、内実は硬《かた》く力に満ちていた。服の上からついた掌《てのひら》越しに、それが伝わってくる。

少年は、恐ろしい存在だった。

今や明確に、それを感じることができた。

「どうして、こんな」

何百度目かの心中の問いかけが、ようやく震える、途切れる寸前の声になって出た。

吉田は、自分が確認したものがなんなのか、分からなかった。消えてしまったというトーチは、自分には感じられない。いなくなってしまったらしい。

その不気味《ぶきみ》な、前後の違和感だけがあった。片眼鏡《モノクル》と自分の目、両方を見ていたせいで、それを感じたのだ。なにを知ったのか、自分には分からない。ただ、そんな光景を見続けていることに耐えられなくなった事実と、カムシンの説明によって得られた異様な実感と納得だけがあった。

これは本当のことなのだ。

漏《も》れ出た少女の声に、カムシンはフードの下から、見上げるでもなく平然と答えた。

「おじょうちゃんの精神の平衡《へいこう》を乱したことについては謝ります。しかし我々への協力には、違和感を決定的に感じてもらう必要があったのです。おじょうちゃんの賢さに油断して、少々先走ってしまったようです、すいません」

「ふうむ、儂《わし》からも、謝らせてもらおう」

人込みの中でも、ベヘモットは平然と話す。

「じゃがな、我々の……無論、おじょうちゃんも加えてのことじゃよ？ ……我々の行いによって、これから人喰いがこの街を目指す確率を、格段に減らすことができるんじゃ。我々を

「……無論、カムシンと儂《わし》だけじゃよ？　我々を恨《うら》んでくれて良い」

その後を、カムシンが厳然《げんぜん》と受ける。

「しかし、協力はして欲しいのです。他《ほか》でもない、おじょうちゃんのためにも」

「……でも、あんな、あんな……」

吉田《よしだ》は、今にも泣き出しそうに肩を震わせる。実際、人込みの中でなければ泣いていたかもしれなかった。顔を上げることさえできない。怖くて怖くて『世界』を直視できなかった。失神しないこと自体が、普段の彼女からすれば奇跡に近かった。

見てしまった。

『この世の本当のこと』を。

何も知らずに暮らしていた場所の危うさ、災厄《さいやく》の通り過ぎた傷跡を。

人喰いによって〝存在の力〟を失ってしまった人間の、骸《むくろ》を。

街に道に彷徨い歩き、薄暗く不気味な炎を燃やす、代替物《だいたい》を。

無数人込みに紛《まぎ》れ、誰にも気付かれぬまま暮らす、残り滓《かす》を。

いずれ燃え尽きて消え、いなかったことにされる、犠牲者を。

トーチを。

吉田一美《かずみ》は、見た。

見てしまった。

その事実が、恐ろしい疫病《えきびょう》のように彼女の体に染《し》み込み、体を震わせている。感情をうまく表に出すことさえできない、それは大きすぎる衝撃《しょうげき》だった。なにを感じればいいのか、分からなくなったのだった。

カムシンは、そんな彼女に言う。

「……昨日《きのう》、おじょうちゃんに住所を訊《き》いた、その理由を教えましょう」

もしかしてやっぱり変な勧誘なのだろうか、そう昨日思った、そんなこともあったか、そう今思った吉田の心が、続く言葉で砕《くだ》けそうになった。

「安心してください。おじょうちゃんの家族は全員、無事でした」

彼としては、見てしまったことで打ちのめされた少女の精神をまず安定させるために、危機感を適度に減らすために、行った措置《そち》だった。

しかし、吉田は別の意味での恐怖が湧《わ》きあがるのを感じてしまった。

無事だった、という言葉は、同時にそうでない可能性もあった、ということに他《ほか》ならなかった。カムシンの言葉は彼女にとって、今も見ている『他人事《ひとごと》の世界』ではない、家族と友人と身近な人たちの住む、『自分の世界』への、まさに侵略だった。

「勝手に、密かに確かめた非礼はお詫《わ》びします。しかし、もし家族の誰かがトーチだったら、我々は約束をすっぽかして別の、話を聞いてくれる案内人を探したでしょう。あの時点なら、変な子供と出会った、で済んでいたはずですから。最初に言いましたが、この案内人を探す作業が、一番苦労するのです」
ショックを受けないようにとフォローしているつもりが、実は全く逆の効果しか生んでいない。この点、慣れているだけカムシンは無情で無造作だった。
その言葉は、ただでさえひ弱な少女の心を激しく動揺させる。
(私、本当の、馬鹿《ばか》だ)
吉田《よしだ》一美《かずみ》は、心底から、後悔した。
(なんでこんなこと、引き受けてしまったの)
昨日の奇妙な少年なんか、放っておけばよかったのだ。
そうしていれば、自分は今頃、あの場所にいたのだ。
明日《あした》のテストの予習をやったり、
気になっていた小説を読んだり、
お母さんの晩御飯のお手伝いをしたり、
洗濯物を畳《たた》みながらテレビを見たり、
そんなことをしていたはずの場所に、いることができたのだ。
(どうして、こんな所にいるの?)
悩んでいた自分が変わるかもしれない、
そのきっかけを得ることができるかもしれない、

そんな淡い期待と甘《あま》い覚悟《かくご》で踏み込むには、あまりに世界は恐ろしすぎ、払った代償《だいしょう》は大きすぎたのだった。カムシンが言うほどに、気楽に考えることなど、全く、当然、できなかった。

独り言のように、吉田は訊《き》いていた。

「あんなことが、なんで、許されているんですか」

いつしか、彼に対する言葉遣《づか》いも、敬語になっていた。それは敬意の表れというよりも恐怖の露出というべきものだった。

その言葉を向けられたカムシンは、問いに答えない。

(誰からも許されているわけではありませんし、本人たちも許してもらおうとは思っていないでしょう、ただ、そうしたいという心と、それができる力を持っているだけなのですよ)

と心中に答えを持っているが、声にしない。代わりに、大きな世界の不条理ではなく、小さな当座の気休めを口にした。

「この街の歪《ゆが》みから推測して、かなり多くのトーチが既に消滅しています。おじょうちゃんが見たより、本当はもっと多かったのでしょう。その人喰いも、もう我々の同志によって打ち滅ぼされています。もう、大丈夫なのです」

吉田は、あからさまな誤魔化《ごまか》しに、なにか言いたげな顔をしたが、カムシンは気付かぬふりをした。彼としてはもうこれ以上、情報を彼女に与える必要性を感じなかった。

事実の認識は済んだ。

ゆえにもう、これ以上は無意味だった。情報を与えれば与えるほど、彼女の悩み苦しみを深くするだけだった。そんなことをして彼女が自閉に陥り、自分たちの使命遂行《すいこう》の妨げになるようでは、なんの意味もなかった。彼女の知り損、ということになってしまう。

(正しくお互いのために、使命をしっかりと遂行しませんとね)

不意に、立ち止まる。

「!」

吉田《よしだ》も、もつれがちな足を止めた。

これまでに大通りで数回、行った作業を、また彼が始める合図だった。

未だに足元のおぼつかない吉田《よしだ》に、それでも厳然《げんぜん》と、

「少し離れてください。おじょうちゃん」

と告げる。

吉田も震えながら頷《うなず》き、従う。逆らえるような声では、相手ではなかった。

カムシンは、吉田が後ろに数歩、距離を取ったのを確認する。他《ほか》の雑踏《ざっとう》があることに構う様子はない。

と、不意に、肩に担《かつ》いでいた長大な布巻き棒を、体の前で宙《ちゅう》に一瞬浮かし、

「――――っしゃ!!」

鋭い声に重ねて棒に手を添え、真下への槍《やり》投げのように、棒の下端を路面に突き込んでいた。

ズゴン、とすごい音がして、路面のアスファルトが、その径《けい》の分だけきれいに陥没《かんぼつ》した。

吉田は、この作業の最初で、やはりこの棒が中身まで完全に詰まった本物の鉄棒なのだと分かった。そもそもこれがなんなのか、歩き始めたときに恐る恐る訊《き》いたところでは、

「ああ、これは鞭《むち》です」

とのことらしいが、しなってもいないし、だいたいが太すぎた。

「今のところは、武器ではなく調律師としてのマーキングの道具ですね。私の力は、全体をうまくまとめるのに向いているので」

彼の言う意味が分からなかったため、吉田も特にしつこく説明を求めたりはしなかった。もちろん、それどころではなくなってしまったからでもある。

そしてこの作業は今、

「ああ、これでようやく、終わりました」

言って、カムシンは棒を引き抜いた。周りの雑踏が、その音と行為に驚いて身を引いていたが、彼はそちらを全く相手にしない。ただ、自分の使命遂行のために、一人の少女だけを相手にする。

「さて、これで昨日《きのう》からつけておいたものと合わせて、何とかなるでしょう」

「……」

「本当に手伝ってもらうのは、これからですが……よいですか、おじょうちゃん」

「安心してくれてよいぞ。この作業が終われば、まずおじょうちゃんの生きている内は、人喰いがこの街を襲うようなことはあるまい」

吉田《よしだ》は、この二人を心の底から恐れた。言葉は優しいが、もっと深いところになにかがあるように思えた。それがとてつもなく恐ろしい。しかし、逃げることはもちろんできなかった。

今見て、感じている現実が、そうであるように。

だからただ、ベヘモットの言葉に表されたことが事実であるよう願う。

そう。

願う、それだけが、非力な彼女に残された、気休めだった。

それから数分後。

吉田の姿は、御崎《みさき》市駅に程近い、高いビルの屋上にあった。平たい鞄《かばん》をスカートの前に押し付け、双方を高所の風から守っている。

少し首を巡らせて見れば、出入りするためのドアには、頑丈《がんじょう》そうな非常用の箱型錠《じょう》が取り付けられている。普通は出入りできない場所であるのが一目で分かった。

なのに、自分はここに立っている。

吉田は半ば呆然《ぼうぜん》と、自分の今ある様を感じていた。カムシンと過ごす僅《わず》かな時間の内に、一体何度こういう目に遭《あ》ったのか、もう数え切れない。驚きの弾みさえ品切れの状態だった。

ほんの十秒ほど前だろうか、カムシンに連れられて人気《ひとけ》のない路地に入ると、何気ない口調でべヘモットが言った。

「おじょうちゃん、怖ければ、目を瞑《つむ》っているように」

様々な恐れから、吉田は言われたとおり、目を瞑った。

と突然、全体を丸ごと急に動かす感覚と、叩《たた》きつけられるような風を、ジェットコースターで落ちるときの軽く数倍、全身に感じた。

そうして気が遠くなりかけて目を開けた今、気付けば縁《ふち》の手すりさえない、高いビルの屋上に立たされている。

単純で、それ以外に考えられない方法……つまり、飛んできた、としか思えなかった。

繰り返し起きる非常識の前に立ち尽くす、そんな彼女の眼下に御崎市が広がっていた。

大通りがすぐ下に見えた。道行く車が玩具《おもちゃ》のように、繁華《はんか》街《がい》の賑わいが動く砂のように見える。首を横に向ければ、御崎市駅とその両端から延びる線路が、その反対側には忘れもしない、坂井《さかい》悠二《ゆうじ》と初めてデートした御崎アトリウム・アーチが――

(――あれっ？)

今ふと、なにか既視感のようなものを覚えた。

正確には、今感じているものと似たようなものを、どこかで……

「では、そろそろ始めるとしましょう」

それを思い出そうとした吉田《よしだ》のやや後方から、不意にカムシンが声をかけた。

「っ!?」

声にもならない、息を呑《の》むような叫びで、思い出しかけたなにかは消えてしまった。振り向いた吉田は、今を忘れた物思いの中から、残酷《ざんこく》な現実とカムシンらの元に引き戻された。

「大丈夫ですか、おじょうちゃん?」

「まさか、高所恐怖症ではあるまいね」

「い、いえ、そんなことは、ないです」

吉田は思いやりの言葉に答えつつ、恐れる。彼女はもう、二人の言葉を額面どおりに受け取ることができなくなっていた。むしろ、彼らの優しさの中に、彼らを根底で支えている、もっと大きななにかを感じて、その恐れをより深くしていた。

その内心を自身は隠したつもりで、そして無論見破られつつ、二人に尋ねる。

「おかしなところを、直すためにあちこち行くんじゃ、なかったんですか……?」

「ああ、それはそれで間違っていませんが、例えでもあるんです。さっきまで行っていたマーキングによって、おじょうちゃんはこの街を自由自在に感じることになります」

「?」

怪訝《けげん》な顔をする吉田に、カムシンは首を振って答えた。

「ああ、そうですね、とりあえず、作業を始めた方が早いかもしれません」

「うむ、おじょうちゃん」

吉田はこのベヘモットの次の言葉を、さっき聞いた。それが来ると予感できた。

「怖ければ、目を瞑《つむ》っているように」

吉田は、より強い恐怖を持って、そしてそれゆえの不審から、今度は目を瞑らなかった。

それに構うでもなく、カムシンは被《かぶ》っていたフードを取った。後ろから、お下げのように編まれた黒い髪が一房《ひとふさ》、高所の風に流れる。

「!!」

吉田は初めて、カムシンの顔の全体を、見た。

どこもかしこも傷だらけだった。フードを被っていたときにも見えていた、顎《あご》の端《はし》や上下唇を縦《たて》に走るものを始めとして、その幼くも端正《たんせい》な顔に、たくさん、たくさん、傷跡《きずあと》があった。

その中で、茶の虹彩《こうさい》を持つ瞳が二つ、強く光っている。

「だから、言ったでしょう」

カムシンは無駄《むだ》な選択をした少女を落ち着いた声で諭《さと》し、しかしもちろん、フードを戻さない。布巻き棒を、まるで魔法使いの杖《つえ》のように、指揮者のタクトのように、片手で軽々と振り上げた。ついでのように言葉を続ける。

「見る人を怖がらせてしまうから、隠していたというのに」

「本当は全《すべ》て治せたんじゃが、こ奴《やつ》がきかなくてのう」

ベヘモットが呆《あき》れた声で笑った。

「治《なお》、せた……？　消せた傷を、残したんですか」

吉田《よしだ》の躊躇《ためら》いがちな問いに、カムシンはあっさり答えてやる。

「ああ、これは私の戦いの思い出なのです。我々の体は本来変化したりしないんですが、誰かとのやり取りを……その結果、刻み付けられたものを受け入れることで、自然と跡《あと》が残ることがあるのです。戦歴が長いとその分、思い出もたくさんたまってしまう」

「……」

吉田は、その積み重なった歳月の貫禄《かんろく》に一瞬、恐れと同等の敬意のようなものを持った。ふと、それが久しぶりに感じたものであるように思った。さっき、風景を一望したときに、

（なんだったんだろ――あっ）

小さく微《かす》かに、そしてすぐ鮮明に、思い出した。

坂井《さかい》悠二《ゆうじ》との初めての（といっても、その一度だけだが）デートで出会った一人の老紳士《しんし》。

暗闇《くらやみ》に咲くステンドグラスの光彩を見上げる……忘れられない、悲しげなその背中。

それを見たときに感じたものと似ていた。

（この街を、人喰いが荒し回ってたって……まさか、ううん）

あの清げな老紳士がそんなひどいことをするわけがない、と心中だけでも侮辱《ぶじょく》したことを吉

田はすまなく思った。そして、むしろあの老紳士の雰囲気がカムシンに似ていることから、

（そうだ、カムシンさんの言ってた、怪物退治《たいじ》の同志さん、だったのかも）

と、事実とは正反対に捉《とら》えた。

そうして、また思う。

自分が知らずにすれ違い、出会った人々の中には、そんな尊敬すべき人々や、人喰いの怪物や、気の毒なトーチになった人たちが混じっていた……否、今も混じっているのだと。世界とは広いだけでない、深いものなのだと。

「さあ、今度こそ本当に、始めましょうか」

カムシンが、その小さな体と比べて、釣り合うとはとても思えない質感を持つ長大な鉄棒を、簡単に片手で、彼女を指すように振るった。

すると突然、彼の周りから、褐色《かっしょく》の炎《ほのお》が湧《わ》きあがった。

「えっ!?」

恐怖を感じつつも硬直して見つめる吉田に、その褐色の炎が殺到した。鞄《かばん》を胸に抱《だ》いた姿勢のまま目を瞑《つむ》り、身をすくめる。

「――――!!」

恐れが限界を超えて叫ぶ、その寸前に作業は終わり、急に静かになった。

「具合はどうですか、おじょうちゃん」

まるで湯加減でも訊《き》くような、呑気《のんき》なカムシンの声が聞こえた。

「怖いとか苦しいとか思ったら、すぐに出そう。そのときは遠慮なく言うんじゃぞ」

ベヘモットの声も。

おずおずと顔を上げて周りを見れば、視界全《すべ》てが燃え盛る褐色《かっしょく》の炎《ほのお》で埋まっていた。炎の中に薄っすらと、棒を肩に再び担《かつ》いだカムシンや屋上の風景などが見える。

(炎が屋上を焼いて……違、う?)

自分の体が、炎で周りを囲まれた空洞に浮かんでいるのだった。どうやら、カプセルかボールのような形態をした炎の中に入っているらしい(彼女には見えていないが、炎のカプセルは脈打つ心臓の形をしていた)。彼女を包んで燃え盛る褐色の炎は、激しくも温かな色合いを斑《まだら》に揺らしている。

「なん、ですか、これ?」

息苦しくはないかと警戒しながら出した声は、しかし炎の中であるにも拘《かかわ》らず、普通に外で出すものと同じだった。そういえば、ようやく気付いたが、熱くもない。

カムシンは炎越しに軽く声を返す。

「ああ、これは『カデシュの心室』という……まあ、詳《くわ》しい説明はあまり意味がありませんね。とにかく、気分や体調に変化がないのなら、始めましょう」

「……は、はい」

わけも分からないまま、吉田《よしだ》は答えた。カムシンたちが心配した、閉じ込められたという不安よりも、自分を包む褐色の炎という幻想的な光景への感嘆の方が大きかった。むしろ熱さよりも、不思議な温かさのような、安らぎさえ感じた。

と、

急に外側が夜になったかのように暗くなった。

（夜の空に、漂《ただよ》っているみたい）

吉田がその状態に不安を感じる前に、『カデシュの心室』を構成する炎が、細かい無数の渦《うず》を描き始めた。それはすぐ小さな渦々の中心に集まり、光点の群れとなった。

「わ、あっ――――？」

いつしか、吉田は褐色の星々からなる小さなプラネタリウムの中に浮かんでいた。目を奪われること数秒、やがてその星空に、うっすらとなにかの形が浮かび上がり始めた。

「これは……地図？」

「そのとおり。見て楽しむのも良いですが、目を瞑《つむ》って全身で感じるのも、また違った趣《おもむき》がありますよ。おじょうちゃんは今、我々が各地に付けたマーキングを中継点に、この街の存在の流れ、そのものを感じているのです」

カムシンが説明する間に、吉田は素直に従っていた。先までの恐れを押して従わされるほどに、自分の周りにあるものは美しかった。

（……全身で……）

語感だけを頼りに、言われたとおり感じようとする。周りには、透明な地球儀を内側から見ているような形で、御崎《みさき》市の全《すべ》てが浮かび上がっていた。

（綺麗《きれい》）

と目で見ることなく、そう思っていた。

カムシンのマーキングを通して吉田が感じる、御崎市というこの世の存在は、『そこにある』調和の見事さに満ちていた。しかし、

（あっ？）

その見事な調和の中に、おかしな流れと澱《よど》みがあった。

この街に生まれて暮らした者、調和の一部としてそこに在る少女は、本来そうであるはずの形と流れの中に、たくさんの違和感と喪失感《そうしつ》を覚える。

へこんでいる。

なくなっている。

途切れている。

（ああ、そうか）

ごっそり、たくさん、そこにあるはずのものが抜けていた。それがないおかげで、繋《つな》がるはずだったもの、縒《よ》り合うはずだったもの、支えるはずだったもの、それらが宙《ちゅう》に浮いたり中途

でよじれたりしている。

「これが、この世の、歪《ゆが》み……」

それを、感じる。

調律師たる『儀装《ぎそう》の駆《か》り手』カムシンと〝不抜《ふばつ》の尖嶺《せんれい》〟ベヘモットは、彼女がこの街に過ご

し暮らしてきたという、まさにこの〝存在〟ゆえに、作業への協力を要請したのだった。

「ああ、感じましたか。そのとおりです、おじょうちゃん」

「やあれ、やれ、なんとか、調律の目処《めど》が立ちそうじゃのう」

カムシンとベヘモットが、ほっとした声で言った。

その僅《わず》かに緩《ゆる》んだ声の端《はし》から、不意に吉田《よしだ》へと伝わった。

僅かながらも鮮明な感情が、ぴりりとした電流のように。

(なに……?)

吉田にはそれが、自分が今感じているものと似ているように思えた。まるで自分が『御崎市という生き物』であるかのように、失われた調和と存在を悲しむ心……それと似ていて、しかし遙《はる》かに大きい。

それは、彼ら二人がともに抱《いだ》いているもの。

上辺の淡々飄々《たんたんひょうひょう》とした態度からは全く感じられなかった、

深い嘆きと大きな愁《うれ》いだった。

それは、吉田《よしだ》一美《かずみ》における御崎《みさき》市を、『この世』という想像だにできない規模で感じているがゆえの、底も見えず果てもない、恐るべき深さと大きさを持つ、嘆きと愁《うれ》いだった。

しかも彼らの中には、吉田にはないものが、それらよりも、さらに遥《はる》かに強くあった。

嘆き愁いを抱《いだ》きつつ、

なおも進んでいく、

確たる決意。

(とっても辛《つら》くて苦しい、そう思っているのに……なぜ……?)

それは、カムシンら自身である炎《ほのお》を介した、本物の共感だった。

その仕組みを吉田は理解していたわけではないが、事実として、はっきりと感じた。

負の感情を踏み越える、彼らの力を。

(こんな虚《むな》しい、どうにもならないとさえ思っている行為を、何度も、何度も? ずっと、ずっと、長く、長く?)

無限の今の中を進む、苦行のような、歩み。

止《や》めないで、続けてきた、歩み。

それを感じた。

(やっても、やっても、終わらない……なのにどうして?)

戸《と》惑《まど》う彼女に、カムシンの本物の声が聞こえた。

「おじょうちゃん、調和のイメージを、強く持ってください」

「は、はい」

彼の声には、さっきの嘆きや愁い、決意の色を感じない。

いつもの優しい、しかし怖いと感じていた声だった。

なぜ、彼をそんな風に感じたのか。

(そうか……あれがカムシンさんの、本当の心なんだ)

吉田はようやく理解できたように思った。

今自分が感じている喪失《そうしつ》の悲しさを、カムシンとベヘモットは何度も、さらに長い間、感じ続けて、しかも受け入れている。どうしようもないと分かって、しかし絶望せず、さらに何度も何度も、長い長い間、調律という作業を行っている。この正負双方の心こそ、自分が恐れた、彼らを根底で支えている大きなものなのだった。

そうして改めて、

(怖い)

と思った。

それは、あまりに大きなものを前にした、小さなものの恐れだった。

「おじょうちゃん?」

「はい、今やります」

吉田《よしだ》は慌《あわ》てて、言われたことに従う。

（調和の、イメージ）

カムシンらと同種の……遙《はる》かに小さくはあっても、確かに感じる嘆きと愁《うれ》いを源泉に、失われた調和の姿を、自分の生まれ育った故郷を、普段はそんなことを思ったこともない『ふるさと』の在り様を、心に強く、真摯《しんし》に思い浮かべる。

拍子をつけるように一つ一つ、自分の持っていた調和の姿を、脳裏に描いてゆく。

（この街は、私の過ごした、大切な、故郷《ふるさと》）

父、母、弟。

部屋、廊下、階段、居間、台所、風呂場《ふろ》。

玄関、生垣《いけがき》、門、歩道、信号、交差点、大通り。

塀《へい》、校門、下駄箱《げたばこ》、廊下、教室、トイレ、プール。

坂井悠二《さかいゆうじ》、平井《ひらい》ゆかり、池速人《いけはやと》、佐藤啓作《さとうけいさく》、田中栄太《たなかえいた》。

商店街、大鉄橋、真南川《まな》、美容院、ショーウインドウ、駅。

一度通っただけの道、何度か食事した繁華街《はんかがい》、怖そうな歓楽街。

街に溢《あふ》れる鳥の飾り、夏休み前のミサゴ祭り、河川敷《かせんじき》での花火大会。

どんどん、思い出から広がる、繋《つな》がる、縒《よ》り合わさる、本当にあったはずの街、その姿。

感じる調和の流れの中に、その光景を同化させてゆく。

教えられなくても、やり方は分かった。

自分の街なのだから。

そんな中、感じた悲しい歪《ゆが》みに、この光景の端《はし》が重なる。

(あっ……)

自分を囲む地図が、変わった。

地理や構造ではなく、その在り様が、本来の方向へと。

雪崩《なだれ》を打つように、歪みがどんどん自分の思い描いた姿へと近付き戻ってゆく。

気付けば、体中に感じる故郷《ふるさと》が、本来のイメージを持った新しいものになっていた。歪みを持った、こうではないという違和感の消えた、懐かしくて温かい、故郷の姿に。

それは、素晴《すば》らしく懐かしい、不思議な感じだった。

「上出来です、おじょうちゃん」

優しく響く、厳しい声があった。

「うむ、良いな。温かいイメージじゃ」

二人の素直な賞賛が、吉田には少し嬉《うれ》しかった。

と、不意に周囲の出来上がった新しい御崎《みさき》市の姿が、凍《こお》りついたように固まる。再び褐色《かっしょく》の星々は炎《ほのお》を吹き上げ、炎のカプセルへと戻り、周囲の暗闇《くらやみ》は晴れ、屋上の光景とカムシンらの姿が戻ってくる。

そして、炎がカムシンの差し出した左の掌《てのひら》に吸い込まれ、足が屋上に着いた。

風が、戻ってくる。

「ありがとう、おじょうちゃん。とても、助かりました」

「うむうむ、もらったイメージを今日中に自在式に織り成せば、明日《あした》にはこの街の歪みを調律し、矯正《きょうせい》できるじゃろう。そうすれば、もう大丈夫」

不思議の感覚からさめた吉田《よしだ》は、この二人の平然とした様子を信じられない思いで見た。あんな深く大きな嘆きと愁《うれ》いを持って、こうまで立っていられる。

分からない。考えられない。不可解だった。

「——どうして」

吉田は知らず、口からその疑問を溢《あふ》れさせていた。

「ああ、なんですか、おじょうちゃん？」

返事をされて初めて、自分が声を出していたことに気付いた。

「えっ!?　あ、あの——」

なんでもありません、
吉田はそう言いかけた。

いつもなら絶対にそう言って、自分の意志を表に出すことから逃げ、相手にそれを受け取られることを避け、嫌《いや》な答えをもらうことを拒否していた。

しかし、今の彼女は少し……本人にとっては大きく、違っていた。

彼らの起こした不思議な出来事が、自分にとって、もう二度とないものと思えた。

今、自分の眼前にあるもの——常識を根底から覆す不思議な存在、恐怖と後悔を経て思いもよらず接することとなった心——は、弱い自分を前に踏み出させてくれる、勇気を与えてくれる、まさに『きっかけ』なのではないか。

吉田《よしだ》一美《かずみ》は、誘惑に駆《か》られていた。自分の弱さから踏み出すために強い他者の後押しを求めるという、全く無意味な行為への誘惑に。カムシンとベヘモット……彼ら、他に類のない大きな存在による『自分を変える近道』への誘惑は、あまりに強すぎた。

吉田は、その誘惑に勝てず、勝とうとも思わず、どころか、その誘惑に無自覚だった。

すがるような叫びが、口を突いて出た。

「どうしてそこまで……自分の前にあるものが『絶対にどうしようもないもの』だと確信までしているのに、立ち向かっていけるんですか。どうして——!?」

「……やあれ、やれ。また、同調してしまいましたか」

「ふうむ、まあ、しようがあるまい」

二人は、困ったように言った。カムシンの、縦に傷跡を走らせる唇が、少し苦い笑みを作る。

「どうも、いけませんね……ごくたまに、そっちに流れてしまうんですよ」

「本来の使い道とは逆じゃからのう」

吉田はなおも訊《き》く。

答えを欲し求める。

「お願いです、教えてください」

なぜ彼らが、自分のように『どうしようもない』で止《とど》まらず、なおも進もうと思えるのか、吉田は知りたかった。

二人はしばらく黙って、少女の勢いの意味を図り、やがてそれが自分たちから漏《も》れ出た感情に自分の悩みを投影して、そのあまりの違いに羨望しているのだと気付いた。

カムシンは、そんな少女の弱さを悲しく思い、しかしだからこそ強く訊き返す。

「抽象《ちゅうしょう》的で安直《あんちょく》な高説ではなく、具体的な事態への対処策で良いのなら、答えましょう。いったいなにを、どのようにできなくて、悩んでいるのです？」

フレイムヘイズらしい、なんとも実際的な物言いだった。

「えっ——それは……あの……」

言われた吉田は途端《とたん》に勢いを失って、俯《うつむ》いてしまった。

熱狂から覚まされ、改めて考えると、自分が具体的に抱《いだ》いている問題の小ささが恥ずかしくなってきた。どんな顔で、人喰いに荒された世界を正すカムシンとベヘモットに、

「クラスメイトの坂井《さかい》君に好きだと言えなくて困っているんです」

などと言えるというのか。もちろん自分の日常生活において、それは最大級の難事であることは間違いない。だが、それを妙に大仰《おおぎょう》な命題ぶってこの二人にぶつけるのは、いかにも場違いで、情けなかった。

そうして思――

(――あっ⁉)

不意に気が付いた。

というより、思考がとある可能性に触れて、ぎょっとなった。

今の今まで、なぜそのことに気付かなかったのだろう。カムシンから家族が無事と聞かされて、無意識の内に大丈夫だと思い込んでいたのだろうか。普通に考えれば、あれだけいるのだ。

確率として、有り得ないことではなかった。

(緒方《おがた》さん、晴子《はるこ》ちゃん、笹元《ささもと》君、中村《なかむら》さん、谷川《たにがわ》君)

考えたくなかった。

もし確かめて、取り返しのつかないことを知ってしまったら。

(池《いけ》君、佐藤《さとう》君、田中《たなか》君)

なぜ考えてしまったのだろう。なぜ訊《き》いてしまったのだろう。

さっきまでの熱《あつ》さが消え、逆に全身の血液が冷水となったかのように、体が震えてきた。

（どうしよう）

「おじょうちゃん？」

カムシンが、少女の豹変《ひょうへん》を不審に思い、もう一度訊いた。

（ゆかりちゃん）

吉田《よしだ》の頭の中を、次々に知り合いが巡る。

そして、究極の破局に、思いが至る。

（まさか）

吉田は弾けるように訊き返した。

「どうしよう、カムシンさん!!」

「？」

「なんで、なんで今まで!?　どうしよう!?」

「落ち着きなさい、おじょうちゃん」

カムシンは歩み寄って、取り乱す少女の前に、ガラス玉の飾り紐《ひも》をかけた左手を、握手するように差し出した。

吉田は持っていた鞄《かばん》を取り落とし、今度こそ本当にすがるように、カムシンの細く小さな、しかし硬く力に満ちた手を両手で握った。

「私、どう、どうしたら、私!!」

まだ可能性であるということにまで頭が回らず、吉田《よしだ》は顔色を蒼白《そうはく》にした。

「坂井君が、坂井君が!! どうしよう!!」

カムシンらは、その動揺へと至る経緯を正確に理解した。

「それが悩み、そして……ですか」

「ふう、む……なるほどのう」

吉田はパニックの中、握ったカムシンの手に額を付けた。顔を伏せつつ求めたものは、宥《なだ》めの言葉であり、安心の保証であり、救う手立てだった。

しかしカムシンは、全くあっさりと言った。

「それは、どうしようもありません」

「――――」

絶句する吉田に、ベヘモットがさらに言う。

「おじょうちゃんに身近な誰かがトーチだと知ったとしても、どうにもならん。絶対に治ることはないし、それが消えれば最初からいなかったことになる。つまり、おじょうちゃんの記憶からも消えるんじゃよ。どうにもできんし、どうにもならんよ」

「そんな」

くずおれてへたり込みそうになる吉田を、カムシンの小さな一本の腕が頑《がん》として支え、押し止《と》めた。その切り傷を縦《たて》に走らす唇《くちびる》が、慰《なぐさ》めではなく事実を告げる。

「しかし、そうでない可能性も、十分にあります。現に、ご家族は全員、無事だったでしょう？」

「でも」

ベヘモットは言わせない。

「おじょうちゃんにとっての、ベストの方法を教えよう。何事もなかったかのように、これまでと同じ生活を送るんじゃや。もしそうであっても、そうでなくても、絶対に気付きはせんのじゃから。そうして、我々のことを、帰って来た日常と時の中で埋もれさせるんじゃ」

「……でも」

坂井悠二《さかいゆうじ》が、消えるかもしれない、それを自分は忘れる、以前に気付かないかもしれない。それはあまりにひどい話だと思った。もちろん、そうでなければいいに決まっているが、確かめないでいるのも、同じくらいにひどいと思った。

「私、どうしたら……坂井君のことを……確かめて……でも、そんな、もし……」

「おじょうちゃん」

カムシンが口を開いた。

泣き崩れそうな顔を伏せる少女の頭上から、駄々《だだ》っ子に言い聞かせるような、優しく怖い声が降ってくる。

「説教は嫌いなので、代わりにとてもひどい、昔話をしましょう」

「え……?」

カムシンは訥々《とつとつ》と、語り始めた。

「昔々――」

吉田《よしだ》は彼の口調に真剣なものを感じて、静かに聞く。

「とある暑い国に、神童《しんどう》と呼ばれた一人の王子がいました。彼の夢は、勇ましい英雄になることでした。あるとき彼は、隣の国との戦争に、父である王様と出かけました。そのとき、戦争の裏で優れた人を喰い、人々の苦しみを長引かせて喜ぶ怪物に襲われました」

「王子は、かつて王様の妾《めかけ》に嫌われて、牢《ろう》に閉じ込められたことがありました。そこで生死の境を彷徨《さまよ》ったときに、〝存在の力〟を感じられるようになっていました。だから怪物の力も、怪物が王様を狙《ねら》って来たことも分かっていました。それでも、王子は怪物に立ち向かいました」

「ところが、その怪物は言ったのです。『可愛《かわい》い王子、なにをするの。せっかく妾を喰って、おまえを救ってやったのに。せっかく王を喰って、おまえを英雄にしてやろうとしているのに。もう敵の王も将軍も喰ってしまったよ。あとはおまえが「前に進め」と号令をかければ、夢は叶うよ』……もちろん王子は、妾のことも全《すべ》て、知っていました。それでも、王子は怪物に斬《き》りかかりました」

「例え妾に唆《そそのか》されて自分を投獄したのだとしても、王子にとって王様は父だったからです。もちろん王子は、怪物に負けました。そうして、あとは喰われるだけとなったとき、王子は不思議な声を聞きます。『儂《わし》は、人喰いを許さぬ者。人としての全てを捨てて、儂の器となってくれないか。代わりに、巨大な力を、あげよう』……王子は、全てを捨てる、という言葉に不吉さを感じました。それでも、王子はその声の言うことを受け入れました」

「王子はとんでもない力を手に入れました。そして、そのとんでもない力を振るって、怪物を追い払いました。王子は、これで英雄になれたと思いました。王様を救い、父を救い、国を救い、怪物を追い払ったのですから。ところが、王子は王様に話しかけて愕然《がくぜん》とします」

「王様は王子のことを、忘れていました。兵士たちも、誰一人として王子のことを覚えていませんでした。王子でなくなった彼は、自分の中から、あの不思議な声をかけられます。『おまえは人としての全てを捨てることに、同意したではないか。おまえが、そう望んだのではないか』……彼はうちひしがれました。それでも、彼は人を喰い続けるだろう怪物を追いました」

「逃げ回る怪物を追って、彼は長い間、広い世界を彷徨《さまよ》いました。怪物の仲間を探し出しては倒し、居場所を訊《き》き、長い長い間、彷徨いました。その間に彼の父は死に、何代か後に国は滅び、その後にできた国も、その後もその後も、みんな滅んでいきました。そして、数百年の年を経て、ようやく彼は、怪物を見つけました。怪物は言いました。『ああ、なんて嬉《うれ》しい出会いだろう、可愛《かわい》い王子』……数百年ぶりに、彼は本来の自分を知る者に会えたのです。それでも、彼は戦いました」

「激しい戦いの末、彼は怪物を討ち果たしました。最期《さいご》を迎えた怪物は言いました。『ああ、可愛い王子。妾《めかけ》を殺し自分の命を救った私に斬《き》りかかり、私が用意した英雄になる夢を自分で壊《こわ》し、自分の持っていた全《すべ》てを捧げて、人だった頃の自分を知る最後の存在である私を消してしまうなんて。どうしていつも、そんな馬鹿なことをするの』……彼自身、そう思っていました。それでも、彼は答えました」

「……『私は、いつだって、良かれと思い、選んだのだ。今だって、良かれと思い、選んでいる』……と。怪物は、また言いました。『今度もきっと、後悔するわ』……と。彼自身、そう思っていました。それでも、彼はまた、答えたのです」

「……『それでも、良かれと思うことを、また選ぶのだ』……と」

　カムシンは語り終え、言葉を結ぶ。

「そういう、昔話です」

　吉田《よしだ》は、彼の左手に付けていた額《ひたい》を離し、見上げた。夕日と風の中、聳《そび》える王子は静かな口調で続ける。

「王子は、選び続けています。今も、ずっと。自分が、良かれと思っていることを。それが徒労と分かっていても、どれだけ馬鹿《ばか》なことをしているのかと思っていても」

　カムシンの言葉を、長い長い年月をともに経て、体のみならず心の在り様さえ重ね合わせるようになった〝紅世《ぐぜ》の王〟……〝不抜《ふばつ》の尖嶺《せんれい》〟ベヘモットが継ぐ。

「さて、おじょうちゃんには、そこまでの覚悟《かくご》はあるのかな？　平穏に埋もれ流されてゆくことを拒み、自分から進んで良かれと思えることを選び、その結果を受け止めるだけの覚悟が」

「……あ」

　と、左掌《ひだりて》を開ける気配から、吉田は手を離した。促《うなが》されてその前に立てば、カムシンは見下ろす程に小さい。しかし、その小さな姿には、力が、年月が、凝縮《ぎょうしゅく》されていた。

　その彼が、素《そ》っ気《け》なく呆気《あっけ》なく、別れのあることを告げる。

「ああ、それに、選ぶとしても、時間はありませんよ？　一度言ったと思いますが、我々は明日《あした》には調律を終え、この街を出て行きます。おじょうちゃんがどうするにせよ、その後、我々に会うことは二度とないでしょう。結局は、忘れてもらうことになるのです」

「うむ、これも言うたが、歪《ゆが》みさえ治してしまえば、人が一生を送る間くらいは、人喰いの怪物も現れんはずじゃ。儂《わし》らの同志は多く、今も人喰いを狩り続けておる。心配は要らん」

ベヘモットは、それがこの街にまだいることを感じ、しかし余計な関わりを持たせないためそれを隠し、そして気休めとしての言葉を贈った。

今さらながら急に思えてきた話に、吉田《よしだ》は焦《あせ》った。彼女は、自分にとって全《すべ》てが、あまりに冷たいように思えた。

「明日《あした》？　も、もう少し長く、留《とど》まることはできないんですか？」

吉田はカムシン自身ではなく、自分に答えを与えてくれる者を奪われる恐れから言った。

「ああ、我々は、あまり一つ所に長居はできないのです」

カムシンは、そうしてすがられているのを感じつつ、無情に言う。関わり合いになるのは、どちらにとってもマイナスにしかならないからだった。

それに、実は最近、奇矯《ききょう》さで知られる古い〝王〟が、調律に絡《から》んでおかしなマネをしているとの噂《うわさ》を外界宿《アウトロー》で聞いていた。作業なり滞在なりを長引かせるのは、あらゆる意味で危険なのだった。もちろん、関わることも対処することも、認識さえできないただの人間である吉田には、そのことは言わない。

（認識……ああ、そういえば）

ふと彼は、この気弱な少女に貸していたものがあることから、一つの提案を思いついた。

「ああ、では、おじょうちゃん、こうしましょう」

「は、はい？」

構える吉田に、カムシンは常のように、優しく、怖く、選択肢《し》を示した。

「私の貸した片眼鏡《モノクル》『ジェタトゥーラ』を、もう一日預けましょう。それを使うかどうかを、おじょうちゃんが、自分で選ぶのです。無事だという十分な可能性に賭《か》け、それを使わず、今までと同じように暮らしてゆくか……それとも、リスクしかない真実を欲してそれを使い、安心を得るか……それとも、結局は忘れてしまう、その場だけの懊悩《おうのう》を得るか」

「うむ、我々は助言したぞ？　使わぬ方が良い、と。だからあとは、おじょうちゃんが『良かれ』と思う方を、選ぶんじゃ」

吉田は俯《うつむ》いて、ポケットの中にある物と格闘した。

今、返してしまってもよかった。

たしかに二人の言うように、トーチとなった人間が〝存在の力〟をなくして死ぬ（と吉田はどうしても、そう思ってしまう）ことで周囲の人の記憶もなくなるというのなら、トーチかどうかを確かめ、その死ぬまでの間悩み続ける必要などどこにもない。むしろ、知らないままでいた方が確実に幸せに違いなかった。二人の言うことは正しいのである。

しかし、必要かどうか、正しいかどうかという理屈は、今の彼女には問題ではなかった。

（もし、知らない内に坂井《さかい》君が消えていたら？）

それを考えると居ても立ってもいられなくなる、この気持ちが問題なのだった。

（でも、お父さんも、お母さんも、健《けん》も、大丈夫だった……ただの取り越し苦労かもしれないんだ……でも、そうなら別に確かめなくても……）

揺れる心は、容易に答えを出そうとはしなかった。

ポケットの中から、手が出ない。

ただ強く、願いを込めて握り締めている。

二人は、そんな吉田《よしだ》が答える前に決めた。

「では明日《あした》、調律を終えてからすぐ……そうですね、今日と同じ時刻、同じ場所に」

「ふむ、多少、お祭りで街は騒がしいようじゃが、まあ作業に影響はないじゃろう」

（お祭、り……？）

その言葉を聞いた途端《とたん》、吉田の中に強い想いが溢《あふ》れた。

明日の夜は、ミサゴ祭り。河川敷《かせんじき》の花火大会。

確かめるかどうか、それとは別の強い想いが、このきっかけを元に溢れ出た。

（……坂井君との、『良かれ』と思える選択……そうだ、それこそ、私が本当に……）

遂に得た『きっかけ』の元、震える唇《くちびる》が、ゆっくりと動く。

「……少し」

言えた。

恐れを押す、それ以上の力によって、声が、出た。

「遅れても、いいですか？」

カムシンは、彼女の唇の震えが、未だ先の悩みと同じと思い、頷《うなず》く。

「ああ、構いませんよ……都合の良い時間と場所は、ありますか？」

吉田は前に手を揃え、頭を深々と下げた。

「か、勝手を言って、すみません」

そして顔を上げ、
目の前の強い二人に、自分の決意を込めて約束した。

自分が、どんな世界を望んでいるのかを決め、そして選ぶ、と。

「でも、明日の夜八時、西側堤防の大石段で待っていて欲しいんです」

ここから一日後の話

どことも知れない空間の、床に壁に天井《てんじょう》に、馬鹿《ばか》のように白けた緑色の紋章《もんしょう》が多数、煌々《こうこう》と輝いていた。

その光の中により白く、棒のように細い白衣の〝教授〟が立っている。

「とぉころでドォーミノォー、今回の私たちの実験の要諦《ようてい》が何であるか、分かぁーっていますねえー？」

隣に付き添う、二メートルを越すガスタンクのようなまん丸の〝燐子《りんね》〟ドミノは、いい加減な細工《さいく》の腕を困ったように上下に動かした。

「えー、あー、それは無論、分かりませ、いえ分かっていますので不勉強なわけでは、でも分かっていないのでご教示を、いえでもどっちかというとつまりそほひははは《のぃたたた》」

教授の、にゅうっと伸びたマジックハンドが、ドミノの頬に当たる部分である発条《はつじょう》をつねりあげた。

「なっあぁーに、あやふやなことを言っているんです？　知ぃーっているのか、それとも知ぃーらないのか、はっきり言ったらどぉーうなんです？」

「だって教授は私めが知ってます、って言ったら『ナンデシーッテルンデスカ』ってつねりますし、知りません、って言ったら『ナンデシーラナインデス』ってつねるじゃありませんはは《かぁ》ひはいいひはい《いたいいたい》」

　もう一度つねる。

「なぁーまいきな口はもおーっと嫌いですよ？　正直にぃ言えば良いーんです」

「へへ《ええ》と、じゃあ、知ってますははふほふほひりはへん《わあうそうそしりません》」

　さらにつねっていた。

「んんーん、じゃあ、無ぅー知なおまえに教えてあげましょう」

「はあ、どうぞ宜《よろ》しくお願いしますんでございます」

「我々〝紅《ぐ》ぅー世《ぜ》の徒《ともがら》〟にとって、重要かぁつ必要なものの第一は、そぉーう、言うまぁーでもなく〝存在の力〟!!　そぉれをこの世の事象に干渉して変んー換、顕《け》んー現《げん》する!!　我らがここにあぁーるのと同様の真理にして原理！　そぉしてさらに、それを効率よく発現させるための、いわゆるブ――――スターであるのが自在式！　これがあるとないとでは、消耗《しょうもう》の度合いもダンチガイ!!」

「はぁーい、そのとおりでございます。つまり今回の実験の要諦は自在式ということでふはひ《すぁい》はひひはひほんほひひはひ《たいいたいほんとにいたい》!!」

より高くつねり上げつつ、教授は自分が言うはずだった部分を言いなおす。

「つまぁーり、今回の実験の要諦《ようてい》は自在式!! その作動原理はー、何なのか!? 誰もが自然～にできることから、まぁた一旦《いったん》、その発現の在り様に出会ぁーえば、個ぉ人の特性でないものは真似《まね》できる、その利便性ゆぇーに無視されてきた原理！」

「その原理を探求し研究した結果、生み出された大発明が、今回の罠《わな》のタネとして使われているわけですね、教授」

大発明、の部分で耳をぴくぴくと動かして、しかし冷静を装って、教授は深く頷《うなず》く。

「その通ーりです。自在式は、いぃーかにして効力を発揮するか!? 〝存在の力〟と不可分的存在であーると、忌《い》ぃーむべき思考硬直の餌《え》ぇ食《じき》となっていた、心ときめく実験課題『自ぃ在式』……そぉの分化と効力発揮の実働試験こそが——まぁさ、に、要諦《ようてい》!! この世の歪《ゆが》み現象の探求と併せて、今回の実験は非っ常ーに、意義深いものとなるでしょう」

「正直、面白《おもしろ》そうですね。なにが起こるかワクワクしますよ」

無邪気《むじゃき》な〝燐子《りんね》〟の声に、教授も肩をカクカク震わせて笑い返す。

「んーんんんん、ドォーミノォー、おーお前も分かぁーってきたでは在りませんか。そおーう、真理の探求とは、なにものにも勝る、エエーキサイティングでエエークセレントなものなんですよ」

「はあーい、全くもってそのとおりでございます、教授。でも、これだけの用意をして、結局なにも起こらなかったら、それはそれで面白いですねっはひはひひはひひはひ《ぁいたいいたいいたい》」

騒ぐ二人の前で、自在法が馬鹿《ばか》のように明るく燃えている。

4　絶望

平井《ひらい》ゆかりことシャナは、フレイムヘイズである。

それも、〝紅世《ぐぜ》〟真正《しんせい》の炎《ほのお》の魔神《まじん》〝天壌《てんじょう》の劫火《ごうか》〟アラストールを身の内に宿し、炎を顕現《けんげん》させることで戦うフレイムヘイズである。

である、というのに、
このあり様はなんなのか。

シャナは、黒焦《こ》げとなった物体をへばりつかせたフライパンを眺め、眉《まゆ》をしかめていた。

昨日《きのう》、危うく高校の制服を燃やしかけたので、今日はTシャツとエプロンを借りている。その新品の光沢《こうたく》も眩《まぶ》しいエプロンには、しっかりと可愛《かわい》い字体で『SHANAchan』と縫い付けてある。昨日の内に作ったものらしい。

その新装備を文字通り胸に、改めて張り切って勇ましく――もう少し力抜いて、といきなり言われた――料理という作業に取り掛かったわけだが。

（なんでだろう）

シャナのムスッとして見つめる先、フライパンにへばりつく黒焦《こ》げの物体は、数分前までは肉や野菜だった。だったはずなのだが、数分の調理……といっても掻《か》き混ぜるだけだが、その結果、すでに本来の機能も存在意義も失われ、食物という存在の定義的には廃棄物といって差し支えのない物体『炭』へと変わり果ててしまっていた。

「う〜ん、単純な炒《いた》め物でこれじゃあ、先行きが不安ねえ」

監督官として付き添っている坂井《さかい》千草《ちぐさ》が、今後の展望について端的に言い表した。

シャナとしては、彼女に認められないというのは、かなり悲しい。

「大丈夫大丈夫、これから頑張《がんば》りましょう」

しょんぼりするその肩を、千草は優しく叩《たた》いて励ました。

「私だってシャナちゃんくらいの頃には——」

なぜか千草は言葉を切った。

「とにかく、頑張りましょう。一度や二度の失敗でめげるなんて、シャナちゃんらしくないわよ？　悠《ゆう》ちゃんなんか、毎朝棒で叩かれて、それでも頑張ってたじゃない。人間、誰も長短はあるもので、それは悪いことでもなんでもないんだから」

「うん……」

「分かったら、はい」

と千草は金《かね》束子《たわし》をシャナに手渡した。昨日《きのう》と同じで、シャナがフライパンを洗う間に、彼女が朝食を用意する。悠二《ゆうじ》が帰る頃には何事もなく隠蔽《いんぺい》工作は完了するはずだった。

「ああ、そうだシャナちゃん」

ガリガリと自分の戦果というか戦禍《せんか》をこそぎ落とすシャナに、千草は声をかけた。彼女は話をしながらの片手間でも、予備のフライパン操作を誤ることはない。

その熟練の様をうらやましげに見つつ、シャナは短く返事をする。

「なに?」

「今日ね、ミサゴ祭りがあるでしょ?」

「祭り……ああ」

そういえば、と思い出す。街中にそういう字面《じづら》と変な鳥の飾りが溢《あふ》れかえっていた。クラスでも散々《さんざん》誰が誰と行くか、話題に上がっていた。何度か誘われたが、とりあえず断っておいた。祭りは何度か見たりうろついたりしたこともあるが、周囲の熱狂する様子を息苦しく感じるので、あまり好きではなかった。

「それが、なに?」

素《そ》っ気《け》無い答えにも千草は構わず、にこやかに言う。

「浴衣《ゆかた》、用意してあげるから、悠《ゆう》ちゃんと行ってきたら?」

「えっ?」

悠二と一緒に歩く。数日前にパン屋巡りをしたときの、メロンパンをたくさん食べたという事実以上の嬉《うれ》しさを思い出して、フライパンをこそぐ手が止まる。

「なにを、すればいいの？」

千草《ちぐさ》は無知を笑わないので、少し恥ずかしく思いつつも素直に訊《き》くことができる。

「なんでもいいの。一緒にいて嬉しい人となら、歩いてるだけでも楽しいわよ」

「……うん」

それは分かった。

千草は言いながら作っていた、形崩れのない目玉焼きを手際良く皿に移しながら言う。

「よーし、それじゃ手早く片付けて、寸法測っちゃいましょう。早くしないと、悠《ゆう》ちゃん帰ってきちゃうから」

「悠二《ゆうじ》には内緒にするの？」

千草は、指を一本、唇《くちびる》に当てた。それは秘密のサインだという。

「うふふ、悠ちゃんを驚かせてあげるのよ」

「驚かせる？」

「今日、学校から帰ったら、ファッションショーしちゃうの。綺麗《きれい》な浴衣《ゆかた》を着ておめかししたシャナちゃんを見たら、きっと悠ちゃん、赤くなってドギマギするわよ」

流儀を見せる《ファッションショーする》（？）という言葉の意味は微妙に分からなかったが、なにやら楽しそうな企《たくら》みであることは、千草の口調からはっきりと分かった。なにより、その結果がいい。

（悠二《ゆうじ》に、綺麗《きれい》なのを見せる）

悠二が自分の格好を見て（自分自身が綺麗云々《うんぬん》は考慮の内にない）『すごく綺麗だね』と誉《ほ》めてくれる場面は、想像してみるとなかなか悪くない気分だった。

顔が自然とほころんでくる。

それが分かる。

（そうだ、急ごう）

千草《ちぐさ》の計画を破綻《はたん》させないために、シャナはフライパンを磨く手に力を入れた。

それから十分余り後。

昨日《きのう》に引き続いてアラストールと一緒に帰ってきた悠二を出迎えたのは、昨日以上にムスッとした顔で食卓についたシャナの姿だった。

悠二は、その顔を不思議そうに見つめた。彼女は、なぜか目の前に揃えられた自分の赤い箸《はし》を凝視《ぎょうし》している。まるで、こっちと目を合わせたくないように。

「なに、なんか、あったの……？」

「なにが」

シャナの、いつものような、素《そ》っ気《け》無い答え。

しかし悠二は、なんとなく感じた。これは、溢《あふ》れそうなものを隠して、無理矢理に顔を硬くしている顔だと。まさか怒っているのか、と思い、鼻にかかった疑問とともに訊《き》いてみる。

「いや、なんか焦《こ》げ臭《くさ》いし」

「そんなことないでしょ、それより〝コキュートス〟」

悠二は、シャナが簡単に答えることで、会話を終わらせようとしていると感じた。

「う、うん」

首から外す〝コキュートス〟から、アラストールが、なぜか小声で訊く。

「どういうことだ、坂井《さかい》悠二」

「さあ……？」

答えつつ、それを受け取るシャナの顔を観察する。アラストールには分からないようだが、少女の頬《ほお》がいつもより僅《わず》かに膨《ふく》らんでいる。これは感情が昂《たか》ぶっている証拠だった。

「なに見てんのよ？」

「い、いや、なんでも」

じろりと睨《にら》んで言うシャナは、素っ気無い風を装っている、と悠二には分かった。

（なんなんだ？）

しかし、何を隠しているのかまでは、さすがに分からない。居間に漂《ただよ》う焦げ臭さは、とりあえず食卓に影響を及ぼしているわけではなさそうである。実際、よく観察しても、目の前に並んでいるのは全《すべ》て千草《ちぐさ》の料理だった。

(ご飯、でもないとすると……いったいなんなんだ?)

首を捻《ひね》って唸《うな》る悠二《ゆうじ》の前で、シャナはずっとそんな顔をしていた。


昨日《きのう》までが打ち合わせだったとすると、今日は本決まりだった。

無論、今日の夕方から始まる、御崎市《みさきし》ミサゴ祭りにおける活動スケジュール調整が、である。

御崎高校の生徒たちの誰も彼もが、教室に入るなり、あるいはもっと前、下駄箱《げたばこ》で靴を換えながら、さらに前、登校中に肩を叩《たた》き合って、

「今日どうする」

「今日忘れないでよ」

「今日のことだけどさ」

と会話を切り出して、各々確認に入っていた。学校全体が、今日という半日授業の終わるのを、始業チャイムの時点からウズウズしながら待っていた。

一年二組も、その例外ではない。朝一の会話の話題も、授業の合間に漏《も》れる雑談も、ほぼ全《すべ》てが今日の祭りについてのものである。誰も彼もが、まるで発射台に据《す》えられたロケットのような空気を辺りに撒《ま》き散らしていた。

この中で、平井《ひら》ゆかりグループと目される六名は、奇妙な形で浮いていた。彼女らは、クラスの他《ほか》の誰とも、一緒に行く約束をしていなかったのである。

平井ゆかりことシャナは数度、女子生徒のグループに誘われたものの、

「ありがと、でもいい」

と非常に簡潔に断っていた。

彼女は今日、登校するや、険悪この上ない表情で席に鎮座して、そのままピクリとも動かない。授業が始まる度に教科書を機械的に取り出しては、それに目を落とすでもなくずっと宙《ちゅう》を眺めている。

クラスメイトの誰もが、彼女にこういう変化があるときは大抵ろくなことにならない、と経験から分かっている。祭りとは関係ないだろうが、とりあえず構わないでおこう、という方針の元、彼女は放置されている。

坂井《さかい》悠二は、そんな彼女と一緒にいるだろうことが、ほとんどクラスの共通認識となっていたので、話題の出た当初から陰湿《いんしつ》さのない羨《うらや》みを込めて、

「その日は平井ちゃんとどこで過ごすんだよ～」

と首を揺すられたり肩を叩かれたりしただけだった。無論、悠二としてはシャナと過ごす予定がある。家で晩飯《ばんめし》、という羨まれるのか拍子抜けされるのか微妙な予定ではあったが。

なにより今、彼は自分の今後について悩んでいる最中である。正直、行きたいとは思ってい

たが、シャナはどうせ家にいるだろうし云々《うんぬん》、とりあえず本年の参加は自粛《じしゆく》、という形だった。去年一昨年《おととし》と一緒に遊びに行った池《いけ》にも、今年は誘われていないので、丁度《ちょうど》良いといえなくもなかった。正直、寂しくはあったが。それにしても、今日のシャナの不可解な様子の意味は、彼にも分からない。彼女を横目で見ながら、首を捻《ひね》ってばかりいた。

吉田一美《よしだかずみ》は、自分から積極的にこういう催《もよお》しには参加しない、おとなしい性格であると、よく知られている。

それを承知で誘いをかける男子生徒もかなりいたが、結局全員が断念に追い込まれている。彼女から弱弱しい微笑みとともに丁寧な断りを受けると、それ以上の無理強いが、まるで悪いことのように思われてしまうのだった。

それに彼女の場合、本命が他にいるのが分かりきっている。誰だって楽しいお祭りで引き立て役を演じるのは御免だった。クラスメイトは皆、その本命・坂井悠二《さかいゆうじ》とのことで今日なにかあるのでは、と勘繰《かんぐ》ってもいる。それに、野次馬《やじうま》として見物するなら、向こうで会った方が面白そうではあった。本人もなにか期《き》するところがあるのか、朝から真剣な表情をしていた。

佐藤啓作《さとうけいさく》と田中栄太《たなかえいた》は、実はこういうとき音頭《おんど》を取って残りの面子《メンツ》を誘うはずなのだが、この件に関しては、なぜか彼らの行動は鈍い、というより全く活動をしていなかった。

数日前、緒方真竹《おがたまたけ》が田中に、ついでの冗談《じょうだん》のテキトーな誘いに偽装《ぎそう》して持ちかけたところ、

「ああ、今年はいろいろあるんだ。ゴメンな」

の一言で見事に玉砕《ぎよくさい》した。

「なーにマジに取ってんのよ、バァカ」

そう軽くかわした彼女は、立ち直るのにしばらくかかったのだが、まあこれは余談。

ところで、この誘い誘われの人間模様の中、浮いている六人の中でもとりわけ妙なポジションに位置する少年がいた。

みんなのヒーロー・メガネマンこと池速人《はやと》である。

教師までもが雑談にミサゴ祭りを採り上げた一時間目の後、冷めるどころか熱《あつ》くなる空気から逃れるように、池速人は一年二組の教室から出た。トイレに行くためだったのだが、どうも今の楽しげな雰囲気に居たたまれなくなったためでもある。

彼は、誰ともミサゴ祭りに行く約束をしていない。田中の勧誘に失敗した（と彼には分かっていた）緒方から、ほとんど腹いせのように、

「ねえ、メガネマーン、私たちと一緒に行かない～？」

と誘われたのが唯一の例で、それもこっちは本当に冗談《じようだん》だと分かっていたから、やんわりと断っていた。

他のクラスメイトからの誘いがなかった理由は単純である。誰もが、彼は平井《ひらい》ゆかりグルー

プと一緒に行動するのだろう、と思っていたのである。六名の行動を最終的にまとめているのは彼だったし、なんだかんだで一団の中心である悠二《ゆうじ》の親友（当の本人たちは一度もその言葉を使ったことはないが）だったりするのだから、その想像はごく自然なものと言えた。

ところが実際には、彼らは互いに誰も、誘い誘われしていない。

池《いけ》自身も、去年一昨年誘っていた悠二に対して、平井《ひらい》ゆかりや吉田《よしだ》との絡《から》みから、今年はなんとなくそれを避けた。少し前……吉田の怒りを受ける前なら、積極的に彼女のために動いていただろうが、今の彼には、そうするだけの気力がなかった。

元来が、騒ぐ他人を抑えたり、その騒ぐやり方をより楽しくしてやるというフォロアーの質《たち》で、一人で行くことには大して興《きょう》をそそられていなかったこともある。年に一度の祭りを無為に過ごす気にさえなっていた。

（まあ、のんびり家のベランダから花火でも見物するさ）

そう割り切って歩く彼に、トイレ脇の階段の角から、佐藤《さとう》が手招きをした。

「おーい、池」

「ん？」

「ちょっと、こっち……」

周りを無駄《むだ》に明るくする彼らしくない、隠れるような様子である。

怪訝《けげん》に思って池が行くと、田中《たなか》までいる。しかも二人して、妙に深刻な顔である。彼らはさらに手招きして一階の階段奥、倉庫入り口になっていて人の来ない場所に池を連れ込む。

「なに、どうしたんだ？」

訊《き》いても佐藤は口籠《ごも》り、田中は唸《うな》る。お互い時々目配せまでするが、容易に口を開かない。

池は少し考える。

（ミサゴ祭りのこと……じゃなさそうだな……なにか話しにくいことか？）

じゃあ、と前置きして、彼はいつものように効果的な助け舟を出す。

「なんかのマンガの話とか？」

二人はそれにハッとなって、また目配せする。

佐藤がようやく切り出した。

「あー、まあ、マンガの話なんだけどさ」

さり気ない様子を装っているが、なんともわざとらしい。そもそもこの二人は、腹芸《はらげい》が苦手なのである。

ところが、その出だしは池の予想を超えて、思い切りマンガのようなものだった。

「化《ば》け物《もの》と戦ってるすんごい美人が居てさ」

「はあ？」

ぽかんとなった池に、田中がゴホン、と咳払《せきばら》いをして、

「だ、だからマンガの話だって」

「ん、いやまあ、そうなんだろうけど」

(まさか本当にマンガの相談だったのか?)

と思うには、二人の表情は真剣そのものである。

奇妙に思いつつも、結局池《いけ》は最後まで話を聞いた。

その相談とはつまり『凄《すご》い力を持っている女性の旅に、普通程度の力しかない少年が付いてゆこうとするには、どうすればいいのか』、という突拍子《とっぴょうし》もないものだった。

はっきり言って、答えようもない。

「そのストーリーって、えらく不公平だなあ。もっと主人公にパワーアップアイテムとかばら撒《ま》けばいいのに」

感想を漏《も》らした池に、佐藤《さとう》が少しムッとなる。

「真面目《まじめ》に考えてくれよ」

「……マンガの話だろ?」

「い、いやま、そうだけど」

どもる佐藤の脇腹《わきばら》を、バカヤロ、と田中《たなか》が肘《ひじ》でゴインと小突く。

池は、とりあえず真面目に考えてみることにした。彼らしくない、高度な例えである可能性も、あるにはあったからである。

「う〜ん、その美女? の力が人間以上でどうしようもないっていうのなら、結局は頭で助けるしかないだろ」

「……しかし、その主人公は勉強が苦手だしなあ」

やはり佐藤は大真面目である。

池も真面目に答えるべきだと思い、続ける。

「頭ってのは、別に勉強のことに限らないよ。そうだな……田中、お前が球技するときなんかにやってることと同じだよ。アウトにするには、ポイントを奪うには、相手と自分をどう動かせばいいか……それを普段から考えるようにすればいい」

「ふうむ」

分かりやすい例えを、田中は顎《あご》に手を当てて吟味する。

「状況を的確に判断して、相手の特性から行動を予測したり誘導したりする。分かる？」

池の、少し難解な用語を使った解説には、佐藤が答えた。

「周りがなにやってんのかを見て、うまくこっちの罠《わな》に誘い込めってことだろ」

その意外に的確な認識に、池は感心した。彼らも雑学本の乱読で、とりあえず語彙《ごい》くらいは豊富になっていたのである。

「まあ、僕もケンカ自体のことは良く分からないけど、助太刀《すけだち》って行為には、実際にその場で力を振るう以外にも、たくさん手というか、道はあると思うよ」

そうして、唸《うな》って考える二人に、池は相談の意図を探るつもりで訊《き》いてみた。

「ところで、それ、なんてマンガ？」

予想通りというべきか、二人は口を割らなかった。

池《いけ》は二時間目の休み時間、今度は坂井《さかい》悠二《ゆうじ》に相談を受けた。

知らず同じ場所に連れて来られ、なにを言うかと思えば、

「映画の話なんだけどさ」

「……」

悠二の相談事も、ほとんど前の二人と同じだった。つまり、『凄《すご》い力を持っている女性に、普通程度の力しかない少年が付いてゆこうとするには、どうすればいいのか』である。ただし彼の場合は、加えて『家族を置いて出て行かなければならない』だの『主人公は狙《ねら》われる宝を体に持っていて、それを守らねばならない』だのという、妙な設定までくっついていた。

「誰にも完璧に納得がいくストーリー展開なんてないんだし、やっぱり主人公は旅立つべきなんじゃないのか？　その女性を助けて怪物の世界を駆《か》け抜ける……格好良いじゃないか」

「そんな、他人事《ひとごと》みたいに言うけどさ」

「だから映画なんだろ？」

「……まあ、そうなんだけど」

佐藤《さとう》田中《たなか》といい、この坂井悠二といい、妙な相談ばかりするもんだ、と少し呆《あき》れながらも律《りち》儀《ぎ》に答えてやるのが、このメガネマンのヒーローたる所以《ゆえん》だった。

「こういう言い方はドライかもしれないけど、結局は被害が一番少ない方法を取るべきだろ。主人公が居座ったせいで住人や知り合いが巻き込まれたら、その主人公は一生後悔するぞ」

「そうか、そうだよな、やっぱり……」

もちろん、坂井悠二からも映画の名前は訊き出せなかった。

三時間目が終わった、半日授業最後の休み時間、池は次の授業のため、職員室からプリントの束を運んでいた。その彼が廊下の角を曲がったまん前に、

「！」

「あ……」

彼を見て小さく声を上げる、吉田《よしだ》一美《かずみ》が立っていた。

（もしかして）

最初の休み時間の佐藤と田中、次の休み時間の坂井悠二、そして今……そういう偶然というのも、世の中にはあるのではないだろうか……!?

そう期待した彼の前で、しかし吉田は目を逸《そ》らした。

った。

「ご、ごめんなさい」

やはり小さな声で、ぶつかりそうになったことを詫《わ》びると、心なしか早足で彼女は歩いていった。

「……」

不意に、ヘナヘナとその場に座り込むか、プリントの束を思い切り床《ゆか》に叩《たた》き付けるか、両極端な衝動《しょうどう》が、彼を引き裂《さ》かんばかりの強さで襲った。

(そうだよな、やっぱ……まあ、あるわけ――くそっ！)

結局、彼は上履きで床を蹴《け》り付けるだけにした。

(好きとか、そうでないとか……そんな曖昧《あいまい》で余計な、この気分がなければ、他《ほか》の連中と同じように彼女を助けられるのに)

と忌々《いまいま》しく思う。

彼女を助けられる、という言い草自体が、すでに彼女への好意を前提とした考え方であることに、頭脳明晰《めいせき》であるはずの池速人《いけはやと》は気付いていなかった。

(池君に相談を、そうだ、なにかに例えてすれば、よかったのかも――ううん！)

吉田《よしだ》一美《かずみ》は、また彼に頼ろうとした自分の弱さに、必死に活《かつ》を入れた。今日何度目かの、友人がトーチかどうか確かめるという考えも、ついでに首を振って打ち消す。

カムシンから預かった異世界を覗《のぞ》き見る片眼鏡《モノクル》『ジェタトゥーラ』は、今日はまだ、制服のポケットから一度も出していなかった。昨日《きのう》の夕方から一晩中、そして今朝《けさ》から今まで、ずっと考えて、悩んで、苦しんで、やはり使おうとは思えなかった。

自分の平穏《へいおん》を、これから生きていく世界の平穏を、自ら進んで放棄するような無謀さは……仲良しの友人という、最も大きな『日常の全《すべ》て』を破壊するだけの勇気は……そこまでの真実の追求を『良かれ』と思えるほどの強さは……やはり自分にはなかった。

朝、坂井《さかい》悠二《ゆうじ》が教室に入ってきたのを見た瞬間、その思いは確信に変わった。

彼に『ジェタトゥーラ』を向ける。

それは最悪、彼の全てを破壊する行為だった。

そんなことが、自分にできるはずがなかった。

そう、カムシンに『ジェタトゥーラ』を預かった一日の猶予《ゆうよ》は、自分にはやはりこの世界を壊《こわ》せないと確認して、この中で生きていくのを決意し直すためのものだったのだ。

（やっぱり、カムシンさんたちは正しい）

そして、その世界の中で。

自分が『良かれ』と思えることを、選ぶ。

カムシンたちに約束した。

（――「明日《あした》の夜八時、西側堤防の大石段で待っていて欲しいんです」――）

今の自分にとって『良かれ』と思えること。

それは決まっていた。

今日のミサゴ祭りで、絶対に。


坂井悠二《さかいゆうじ》と平井《ひらい》ゆかりことシャナは、一旦《いったん》学校で分かれ、後で合流して坂井家に帰る。

坂井家の半日居候《いそうろう》という彼女の立場は、世間的には非常に誤解されやすいといえる。

「余計な噂《うわさ》は立たない方が良いだろ？」

「余計なってなに？」

「とにかく、そうしよう、お願いだから」

彼女が登校し始めた頃にした、そんな会話の結果として、それはずっと、お互いの習慣として果たされている。

今日という日も、悠二はシャナと下駄箱《げたばこ》の前で別れた。彼女の本来の居宅《きよたく》である平井家の方へと適当に向かい、人気《ひとけ》がなくなるとすぐ、屋根の上を跳《と》んで悠二の元へと戻る。彼女にとっては別段苦というわけでもない、ただの習慣だった。

しかし、今日の彼女の様子は、どうにも奇妙である。

「ずっとムスッとしてるけど……いったいどうしたのさ」

「うるさいうるさいうるさい」

乱暴に言う口の端《は》も、微妙にムズムズした感じである。

悠二は首を傾げつつ、じゃあ（後で）ね、と軽く言って別れた。

残されたシャナの頭の中では、今日の計画が何万回目かのリピートをしていた。

（……一緒に帰ったら、悠二を居間に閉じ込めて、千草《ちぐさ》に服を着せてもらって、悠二にその格好を見せて、悠二はそれを見てあたふたして……）

「ふふ」

と悠二が居なくなったことで油断したのか、つい笑みがこぼれた。

胸の〝コキュートス〟からアラストールの怪訝《けげん》そうな気配を感じたが、この人の多い場所では、さすがの彼も声を出せない。あとで訊《き》かれても誤魔化《ごまか》してしまうつもりだった。

「さあ、帰ろう、早く！」

声に出して、うきうきとした足取りで、シャナは校門へと走っていった。


吉田一美は走る。

坂井悠二の後を追って、走る。

彼の通学路は、以前、池速人《いけはやと》にもらった地図に書いてあった。自分の遅い足で彼に追いつくのは結構かかるが、言いたいことをスムーズに口から出すには、大通りから住宅地の中に入ったあと、人気《ひとけ》がなくなってからの方が良い……などと思ってはいるものの、実際には、自分がどの程度の速さで走っているのかなど分からない。周りの視線も目に入らない。

ただ走る。

走って、追いつく、そうして、選ぶのだ。

自分にとって、これ以上ない『良かれ』と思えることを。

まだ大通りなのに、もう息が切れてきた。しかし、走るのは止《や》めない。恐怖にも似た切迫感が、足を衝《つ》き動かす。彼を見つけなければ消えてしまう、そんなわけの分からない不吉な想像まで頭の中を過《よ》ぎった。いつの間にか、踏んでいるのは住宅地のレンガ歩道になっていた。

もう下校する生徒たちはそれなりに散って、数人ごとのグループが散らばっている程度。

その中に、

(いた！)

遠くから見ると意外にスマートな体型。

力を抜いて、のんびり歩いている少年。

坂井《さかい》悠二《ゆうじ》。

その背中が、どんどん近付く。

追い抜かれた学生たちの視線を、今は感じる。

（他《ほか》に人が居なければ、もっと良かったのに）

と、またも弱気が顔を出す。

（でも、言うんだ）

と、強く強く持ち直す。

やがて、自分の走る気配に坂井悠二が気付いた。

彼が振り向く。

止まりたい、怖い、逃げたい、隠れたい、誤魔化《ごまか》したい、断られたら、どんどん出てくる全《すべ》てを押さえ込んで、自分の気持ちを必死に前へと向ける。

坂井悠二は驚いた顔でこっちを見ていた。

あと、三メートル。

たった、三メートル。

「ど、どうしたの、吉田《よしだ》さん!?」

声が簡単に届く。

自分の声でも、簡単に。

「っは――っは――」

「なに、どうしたんだい、大丈夫!?」

走り寄ろうとする坂井悠二へと、焼けて乾いた肺から、残った全ての息を、想いに、声に、『良かれ』と思えることに変えて、届ける。

「さ――」

息が切れる。

情けない。

「吉田《よしだ》さん？」

彼に向けて、もう一度。

息を吸って、もう一度、今度こそ。

「坂井《さかい》君、今日のミサゴ祭り、一緒に行きませんか!!」

本人が思っている、半分の大きさもなかったその声は、

しかし確かに、坂井悠二《ゆうじ》に届いていた。

シャナが、周囲に人気《ひとけ》や視線がないのを確認して、屋根の上から跳《と》んだ。

いつもよりも大きく跳躍して、白い夏服を風切る翼のようにはためかす。スカートはさすがに押さえて、それでも軽くきれいに、悠二の横に着地する。全く無意味に、誉《ほ》めて欲しいな、と思って悠二の顔を見上げた。

「……悠二？」

その顔が、とんでもない熱に浮かされているように、真《ま》っ赤《か》になっていた。

「ああ、シャナ」

「……」

なんだか、嫌《いや》な気分と不吉な予感がした。ふと、感じた。

（私が、させるはずだった顔だ）

なんだか、とても嫌な気分と不吉な予感がした。声に出して、問い質《ただ》すように訊《き》いた。

「どうしたの」

しかし、悠二の反応は鈍い。ゆっくりとこっちに顔を向けた。

「えっ、あ、ああ……」

「どうしたのって、訊いてるの」

無性《むしょう》に、その服を摑《つか》んで揺さぶりたくなった。

「あのさ、今日のミサゴ祭り――」

「!!」

ドキッ、と。

本当に衝撃《しょうげき》が胸を叩《たた》き、痛くなった。

悠二の言葉に、自分の企《たくら》みを気付かれたのか、と根拠もなく嬉《うれ》しい想像をする。

しかし、なぜか嫌な気分と不吉な予感も膨《ふく》れ上がっていた。

同じくらいに、いや、もっと大きく。

「シャナは、こういうのに興味ないって言ってたよね？」

「えっ――――――」

ぞっとするような悪寒《おかん》が走った。『僕と行こうよ』……彼が言おうとしているのは、それとは違う、そんな認めたくない確信があった。

「去年は池《いけ》と誘い合って出かけてたんだけど、今年はシャナがいただろ。こういう、意味のないことは嫌いみたいだったから……今年は、誰とも行くって約束しなかったんだ」

悪寒が体中に染み透る。

胸が締め付けられるように痛い。

（……いや……）

彼の言おうとしていることが、分かった。

「だから今日は、家でいつもどおりにしてようかな、って思ってたんだけど、ついさっき、誘われてさ……その、吉田《よしだ》さんに」

「!!」

ずっと前に感じた異様なものが、もっと大きな波となって押し寄せてきた。

（……いや……）

耳を塞《ふさ》ぎたい、そうして今あること、それ自体を消し去ってしまいたい、そう思わせる、自分以外の少女がもたらした熱で呆然《ぼうぜん》となった声が、続ける。

「年に一度のことだし、二、三時間のことだから夜の鍛練《たんれん》にも十分間に合うし……」

（……いや、絶対、いや……）

その異様なものが、咽喉《のど》を圧迫する。

悲しさが、声を圧迫している。

悔しさでも、怒りでもない、悲しさが。

（だめ！　絶対、だめ!!）

今すぐ断ってきて、代わりに私と行って、綺麗《きれい》な服だって用意してあるの、千草《ちぐさ》がファッションショーっていうのをしてくれるって、

でも、それを口に出せない。

言わなかったのは私で、言ってくれるはずだったのは千草で、でも先に言ったのは吉田一美《よしだかずみ》で、それを受けたのは悠二で、

（やだ、絶対に、やだ!!）

叫びたいのに、声が出ない。

悠二が、ミサゴ祭りに行く。

悠二が、自分じゃなく吉田一美と一緒に行く。自分じゃなくて、吉田一美と。それを知った

だけで全《すべ》て、なにもかもが止まってしまった。

「か——」

代わりに出た、別の言葉を吐《は》きかけて、唇が強張っているのに気付く。

その固まった小さな唇を無理矢理に動かして、呟くように、

「勝手に、いけばいい」

それだけをようやく搾《しぼ》り出す。

「シャナ!?」

驚く悠二《ゆうじ》の声を背中に聞いて、シャナは逃げ出した。

周りに人がいるかどうか、それさえ確認せず、全速力で。

絶対に追いつかれないように、絶対にこの顔を見られないように、全速力で、逃げた。

フレイムヘイズ『炎髪灼眼《えんぱつしゃくがん》の討ち手』が、逃げていた。

泣き崩れる寸前の顔で。


シャナは、胸を突き刺す、傷の見えない痛みにうめきながら走る。

その痛みがあまりにも大きすぎて、なにも考えられなかった。戦いで負う傷や衝撃とは違う。

それらはむしろ、頭を冴《さ》え渡らせ、力を湧《わ》きあがらせる。しかし、この違う痛みには、全くな

す術《すべ》がなかった。

だから、ただ衝動《しょうどう》のままに走る。

痛みを風で振り落とそうとするかのように。

数十秒だったのか、数分だったのか、流れ過ぎる景色からは全く分からなかった。

その胸にあるアラストールは、自分が口を出すべきでないこと、彼女も話のできる状態でないことなどを理由に黙っていた。

だから、その彼が口を開いたのは、別の理由からだった。

巨大な〝紅世《ぐぜ》〟に関わる者の違和感が、前方にある。

「シャナ」

声だけで、大筋《おおすじ》通じた。

同じく、それを感じたフレイムヘイズたる少女は、使命感と誇りで必死に自我を繋《つな》ぎ止めた。

巨大でありながら穏やかで静かな気配を漂わす、その存在の数メートル前で立ち止まる。

その不意な来訪者は、長袖《そで》長ズボンにフードを被《かぶ》り、布を巻いた長大な棒を右肩に担《かつ》ぐという、奇妙な出で立《い》ちの少年だった。シャナより小さな体軀《たいく》には彼女と同じく、人の戦《おのの》きを呼ぶほどの存在感と貫禄《かんろく》がある。

アラストールは驚愕《きょうがく》した。

彼も思った。

早すぎると。

「……〝不抜《ふばつ》の尖嶺《せんれい》〟ベヘモット、それに『儀装《ぎそう》の駆《か》り手』カムシン……」

「えっ」

シャナは彼らの名を何度も外界宿《アウトロー》で聞いていた。

最古のフレイムヘイズ。

「こんにちは。夜まで少々暇が出来まして、その間のご挨拶と伺《うかが》いました」

「久方ぶりじゃのう、我が古き戦友、未だ戦いの野にある偉大な〝王〟よ」

かつては強大な戦闘力と荒っぽい戦いぶりで恐れられた、しかし今は一つの役割をもって自らに任じている、二人。

その役割とは、そう──調律師。

「もう、来た……」

「……シャナ？」

アラストールは不思議に思った。シャナは調律師が来ることを、遠回しにではあったが拒んでいたはずだった。全てが未熟な坂井悠二《さかいゆうじ》のために。

なのに、その唇《くちびる》から零《こぼ》れ出たのは、紛《まぎ》れもない喜びの色だった。

「調律師が？」

シャナは、刹那《せつな》の喜びに浸っていた。

とうとう来てしまった。その驚きと戸惑《とまど》いを超えて、より大きな喜びに浸っていた。

(……悠二を連れて行ける、吉田《よしだ》一美《かずみ》から奪って、私だけが手を繋《つな》いで、横に並んで……)

全てを超える巨大な喜びに、震えていた。

(!?)

そして、気付いた。

(私、今、何を……!?)

「今しがた、もう一人……あの『弔詞《ちょうし》の詠み手』にも、会ってきましたよ。いやはや、相も変わらず、騒がしく勇ましい女傑《じょけつ》でし――」

カムシンは、目深《まぶか》に被《かぶ》ったフードの下で驚き、言葉を切った。

「う、う、うう」

目の前のフレイムヘイズ、
若年《じゃくねん》ながら名にし負う強者《つわもの》、かの〝天目一個《てんもくいっこ》〟を討ち果たし、幾多の〝紅世の徒《ぐぜのともがら》〟を狩ってきたという、〝紅世《ぐぜ》〟に威名轟《いみょうとどろ》かす魔神《まじん》〝天壌《てんじょう》の劫火《ごうか》〟アラストールの契約者、
その『炎髪灼眼《えんぱつしゃくがん》の討ち手』が、
漆黒《しっこく》の相貌《そうぼう》から、大粒の涙をボロボロと零していた。

「うううううう……」

カムシンはフードの下に目線を隠した。

唇《くちびる》を引き結び、必死に嗚咽《おえつ》が漏《も》れるのをこらえる少女を見つめるのは、どんな言い訳も通じない、残酷というものだった。


「ただいまー、母さん、シャナは帰ってる？」

悠二《ゆうじ》は早足で家に帰り、玄関で靴を脱ぎつつ、声をかけた。

「あ、ちょっと待って――」

居間の奥、母の衣服置き場になっている和室からがさごそと音がして数秒、千草《ちぐさ》が出てきた。妙に和《なご》やか過ぎる笑みを浮かべている。

悠二は息子《むすこ》として、この顔は彼女が何かを企《たくら》んでいる証拠であることを察する。

「なんだ、変だと思ったら、母さんも噛《か》んでたのか」

納得がいったようにほっとする悠二に、千草は困った顔で笑って見せた。

「あらあら、シャナちゃんも案外、隠し事できないのね。それで、そのシャナちゃんは？」

「えっ、だから先に帰ってるんじゃ」

「まだ帰ってないわよ。こんなときに、寄り道するはずないと思うけど」

「あんな剣幕《けんまく》で、いきなり走り出しといて帰ってない……？」

それを聞いた千草の顔から、急に笑みが消えた。

「なにかあったの、悠ちゃん？」

その表情に、悠二は驚きと寒気《さむけ》、そして後悔を抱《いだ》かされた。自分がなにかを間違った、と無条件で思わせられる、それは親からの追及の姿だった。

「え、べ、別に、これといって……」

動揺で、自然と声が上擦《うわず》った。

「本当に？」

念を押されると、口籠《ごも》るしかない。なにを言えばいいのか分らず困惑する悠二《ゆうじ》に、千草《ちぐさ》は答えやすいよう、道をつける。

「シャナちゃんは、どうして走り出したりしたの？」

「わ、分かんないよ。僕が、今日のミサゴ祭りに行く、ってシャナに言ったら急に……」

悠二は『シャナと』とではなく、『シャナに』と言った。

千草は自分の失策を悟《さと》った。しかも、最悪な方向への予感があった。

「池《いけ》君に誘われたの？」

「いや、そうじゃ、なくて」

曖昧《あいまい》に誤魔化《ごまか》す顔の端《はし》に、僅《わず》かな気恥ずかしさが覗《のぞ》いた。

千草はもう、それだけで全《すべ》てを理解した。

（ヨシダ……カズミさんね）

答えの確認をすっ飛ばして悠二に訊《き》く。

「それを、シャナちゃんに言ったのね」

「う、うん」

（シャナちゃん――！）

千草はこれ以上の問答を必要としなかった。早く行かなければ、それだけを思う。

「いいわ。シャナちゃんとは、どこで別れたの？　どっちに行ったの？」

手早く聞き出すや、彼女は自転車の鍵を持って外に出た。

悠二は滅多に見ない母の必死な姿を、ただ呆然と見送るしかなかった。

ポーン、
ポーン、
と花火の先触《さきぶ》れである音だけの空砲が、白けた夕近い空に響いていた。
天気は不思議なくらいの快晴で、空の色合いの変わってゆく様がはっきりと分かる。夕の祭り、夜の花火大会までは、もう少しだった。
佐藤《さとう》家のある旧住宅地は、旧家の立ち並ぶ閑静《かんせい》な地区であるため、ミサゴ祭りの喧騒《けんそう》からは離れているが、こういう日には、その空気にさえも、なにかが沸《わ》き踊っているように思えた。

実際、遠く河川敷《かせんじき》からは、割れたスピーカーの人員整理らしき声、野外ステージの騒音寸前な演奏、注意すれば、低くうなるような群集のどよめきさえ聞こえる。

佐藤《さとう》と田中《たなか》は、あわよくばマージョリーとともにこのお祭りを過ごそうと目論《もくろ》んでいたのだが、帰ってみればその当のマージョリーの姿がない。

気の抜けた彼らは、いつもの特訓場の椅子《いす》に座って遠い祭りの声を聞きながら、台に置かれた異世界の大剣『吸血鬼《ブルートザオガー》』を見ていた。

二人はともに、動かしがたい事実、という言葉を連想する。

大剣は重く、マージョリーの姿はなく、祭りははるか向こうである。

「池《いけ》はああ言ったけど……どーなんだろうな、実際」

佐藤が両膝《ひざ》に頬杖《ほおづえ》を突く、ロダンの『考える人』風ポーズで言った。

その隣、こっちは浅く腰掛けてダランと寝そべる寸前の格好で、田中が答える。

「分かるわけないだろ。とりあえずは、やるしかないってことだ。今日のところはお祭りもお預けってことわあっ!?」

群青色《ぐんじょういろ》の火の玉が、派手な破裂音とともに草葺《ぶ》き屋根と木の梁《はり》を破って彼らの前に落ちてきた。燃え盛る火はすぐに飛び散って風に融《と》け、中からタキシードスーツの美女を現す。

「マージョリーさん」

と慌てて立ち上がる佐藤、

「姐《あね》さん」

と椅子からずり落ちかけた田中、それぞれに呼ばれた美女ことマージョリー・ドーは、いつにもまして不機嫌な顔をしていた。

「あんたたち、私が言ったこと、覚えてる？」

「……」

珍しくマルコシアスが後を受けて笑わなかった。

その妙な空白に、問われた二人は目線を合わせる。

「え、と……」

「どれの、ことでしたっけ」

マージョリーは危険な大剣があるのにも構わず、置き台の上にドカッと腰掛けた。二人を伊《だ》達眼鏡《てめがね》越しに睨《にら》んで言う。

「調律師が来たら、明日《あした》にも出て行くって話」

「……」

また、空白。

「え、はい」

「まあ、たしかに覚えては、いますけど」

質問の意図を計りかねる二人に、マージョリーは言った。

「今日、そいつが来たの。もうすぐ、私は出て行くわ」

二人はマルコシアスに空白の間を与えず、同時に叫ぶ。

「えっ……そんな」

「う、嘘《うそ》でしょう、姐《あね》さん？」

マージョリーはギッと牙《きば》を剝《む》くように大喝《だいかつ》した。

「っこんな趣味の悪い嘘つくわけないでしょうが!!」

「マジだ」

最後にマルコシアスが、スッパリ言った。

二人が聞いた中では恐らく最も短い、彼の言葉だった。

彼らは、半ば自失する。人間には決して解けない難題を抱《かか》え、悩み、考えて、解決どころかヒントを幾つかもらった段階で、もうゲームオーバー。

二人は痺《しび》れたように動けなかった。

マージョリーは座る自分の傍《かたわ》らにあった大剣に目を落とし、それを片手で持った。持ち上げた、というほどの労力さえ感じさせない簡単な仕草《しぐさ》。演舞《えんぶ》のように演武《えんぶ》のように、片手の、しかも手首の返しだけで、優雅に華麗《かれい》に、早く鋭く、大剣を振る。

その動作を、悲しい憧れと羨望《せんぼう》で見つめる二人の子分に、マージョリーは言う。

「なんか、餞別《せんべつ》にやってほしいことはない？」

ポーン、
ポーン、
と花火の先触《さきぶ》れである音だけの空砲が、白けた夕近い空に響いていた。

調律師が無言のまま去った後、シャナは夕日の中を、何処《どこ》へとも知れず歩いていた。

アラストールも、恐らくは衝撃《しょうげき》を受けたろうが、何も言わなかった。

悠二《ゆうじ》から逃げたときの勢いも力も、もうない。

残ったのは、気の抜けたような悲しみと、卑《いや》しい自分への軽蔑《けいべつ》だけだった。

道行く浴衣《ゆかた》を着た人々を見るのが辛《つら》くて、目線も地面に落ちていた。アスファルトに映る影が長い。手に持つ鞄《かばん》さえ、今の力ない腕には重かった。

考えることができない。

なぜこうなってしまったのか、とか、どうすればよかったのか、とか、これからどうしよう、とか、思いが考えとして固まる前に崩れて、虚脱《きょだつ》の中に落ちてゆく。

どうしようもないまま、シャナは歩き続けていた。

と、その前で、キーッ、と自転車のブレーキ音がした。

が、シャナには顔を上げる気力もない。

慌ててスタンドをかける音がして、スリッパのままの足が現れた。

「シャナちゃん、探したわよ!?」

聞き慣れた優しい響きの声は、なぜか叫びに似ていて、柔らかさもなかった。

「……千草《ちぐさ》?」

上げられた少女の顔に、泣き腫《は》らした跡《あと》を認めた千草は、自分の目も潤《うる》んでくるのを感じた。

涙のように、可哀相《かわいそう》な少女への気持ちが溢《あふ》れてくる。

「千草」

シャナがもう一度言った。声と一緒に、感情も溢《あふ》れ出す。

「吉田《よしだ》、一美《かずみ》に、先に言われちゃった……私、行きたかった、のに、悠二、取られ……」

千草はその胸に、小さな少女を抱《だ》き締めた。道行く人々の好奇《こうき》の視線も無視して、思い切り抱《だ》き締めた。震える小さな頭に手を回して、黒い髪を撫《な》で付ける。

「ごめんなさい、シャナちゃん。私が余計な気を回して、秘密なんかにしたから」

「違うの、私が……嫌《いや》だって言え、なかった……一緒に行って、って……私が言えなかった」

「……」

「それで私、悠二、連れてどこかに行こう、とか思って、ひどい、でも、私」

シャナは、フレイムへイズとなって以来感じていなかった、包み込んでくれる優しさの中で、泣いていた。

「取られるの、やだから、取っちゃやだ、って思って、そんな、こと、私、でも——」

あとはもう、言葉になっていなかった。

千草は黙って、嗚咽《おえつ》する少女を抱き締め、包み込んでいた。


母の出ていった後、自分でも街を二周りほどしてシャナを探した悠二だったが、結局彼女を見つけることはできなかった。

そうする内に吉田との待ち合わせ時間が来てしまい、今、彼の姿はミサゴ祭りの際、地元住民が待ち合わせ場所に使う地蔵堂《じぞうどう》、その前に溢《あふ》れる人込みの中にあった。

その格好は、なんの変哲《へんてつ》もない普段着《ふだんぎ》である。できれば浴衣《ゆかた》を着たかったのだが、思わぬハプニングから、そんな気分ではなくなった（そもそも千草がいないと着られない）。

そのハプニングのことを思い出して、一つ、深い溜息《ためいき》を吐《つ》く。

（なんでシャナは怒ったんだろう）

困惑に、心が重い。

最近、彼女の行動や物思いの端を、僅かでも感じられるようになった。それがなんだか誇らしく嬉しかった……が、その気持ちも今や、しぼみきってしまっていた。彼女がなにを考えているのか。その肝心要《かなめ》なことが分からないのでは、結局なんの意味もない。そう思った。

（クラスの子の誘いも蹴《け》ってたし……）

実のところ、シャナと行きたいかな、とは何度も思った。しかし、こういう無闇《むやみ》に騒がしい、役立つものがなにもない無駄の塊《かたまり》であるお祭りなどに、実用本位で仕事人間な彼女が興味を持つはずがない、とも思った。妥当な見解のはずである。そうすると、

（やっぱり僕が祭りに行くのが、不真面目《ふまじめ》だって思ったんだろうか）

たしかに、改めて頑張ろう、とお互い奮起《ふんき》したばかりだったわけだが……それにしても、

（……勝手に行け、はないよな……）

少女から投げつけられた（と思い込んだ）言葉を思い返して、またシュンとなる。

（理由はまた聞くとして……とにかく、帰ったらちゃんと謝ろう）

悠二《ゆうじ》は、彼女の方が間違っていたり、理不尽であったりするとは全く考えない。

（いちおう、書き置きとお土産《みやげ》も残してきたし……機嫌を直してくれたら良《い》いんだけど）

要するにこの鈍感な少年は、事態を全く履《は》き違えていたりするのだった。

そんな彼に、

「ご、ごめんなさい、坂井君《さかいくん》」

こつん、と耳に快い下駄《げた》の鳴る音とともに声がかけられた。

今日という日に輝き栄える、吉田《よしだ》一美《かずみ》だった。

「私が誘ったのに、待たせたりして……」

「いいよ、時間は丁度《ちょうど》だし、着付けとか大変——」

振り向いた悠二は、そこに現れた、浴衣の少女に見とれた。

白地に疎《まば》らな笹柄《ささがら》という清楚《せいそ》かつ簡素な彩りが、彼女の雰囲気にとてもよく似合っていた。おとなしめの帯柄《おびがら》や渋《しぶ》い色の巾着《きんちゃく》、白木《しらき》の下駄《げた》も、その自然な装いに花を添えている。

「……」

「坂井君？」

「いや、ごめん、綺麗《きれい》だなって」

その率直すぎる感想に、吉田の顔がみるみる内に朱に染まった。

「え、あ、どうも、ありがとう、ござ……ま……」

最後の声は小さく途切れてしまう。

そうやって恥らう姿も可愛《かわい》いなあ、と呑気《のんき》な少年は思い、とにかく、誘ってくれた少女を楽しませてあげようと決心して声をかける。

「行こうか」

「はい！」

至福《しふく》の表情で答える吉田一美の袂《たもと》には、一つの片眼鏡《モノクル》が入っていた。

これは、自分がこうして『良かれ』と思えることを選べるきっかけをくれた少年に、お礼とともに返す、そのためだけに持ってきた物だった。

その、はずだった。

河川敷《かせんじき》に造られた、ある程度意識して狭《せま》く作ってある道は、差し渡された裸電《らでん》の明かりとスピーカーの喧騒《けんそう》、これでもかという雑踏《ざっとう》で、光と音と人、全《すべ》てをごった返しにして、祭りという非日常の熱狂を現出させている。

その中を、両脇に居並ぶ露店《ろてん》を一つずつ眺めながら、浴衣《ゆかた》を着た三人組が進んでいる。

「俺《おれ》、こういうの実はあんまし縁《えん》がなかったんだよな。遠くから花火見上げるばっかで」

大柄ながらもスリムな体型の田中栄太《たなかえいた》には、着流しのような浴衣がよく似合う。短髪の頭に載《の》せたキラキラ光るヒーローのお面と合わせて、いかにもな縁日《えんにち》の日本人という風情《ふぜい》である。

「俺も花火以外は、社《やしろ》の方のナンヤラ神事《しんじ》に行かされたくらいしか覚えてないよ」

佐藤啓作《さとうけいさく》の方は、少々線が細すぎる。肩までの長髪などもあって、どうにも今時の少年が無理矢理に着物を着ているようにしか見えない。本人はさほど気にしていないが。

それよりも、衆《しゅう》の注目を浴びているのは、彼らを両脇に従えるマージョリー・ドーである。明るい群青《ぐんじょう》にド派手《はで》な牡丹柄《ぼたんがら》の浴衣を茶系の帯で締めているが、これが似合っていない。

そもそも浴衣というのは、グラマラスな体型には合わない衣服なのである。その程度こそ違え、吉田一美《よしだかずみ》などは腰にタオルを入れて体の凹凸を抑えたりしているのだが、マージョリーは、まんまで着ている。トップモデル裸足《はだし》の豪勢なスタイルが、大きな存在感や貫禄《かんろく》とともに思いっきり服の線に表れていて、扇情的《せんじょう》なことはなはだしい。

ハウスキーパーの老婆に着付けを手伝ってもらった際の彼女の台詞《せりふ》は、

「私を隠すんじゃ、服なんて着てる意味はないわ」

というものだった。主張としては、あるいは見事なまでに筋が通ってはいるものの、服の着方としては完璧に落第である。老婆の手尽くしで栗《くり》色の髪が綺麗《きれい》に結われているのが、和装文化のせめてもの抵抗というところだった。

そんな彼女は、もちろんマルコシアスの意志を表出させる神器〝グリモア〟を脇に抱《かか》えているので、祭りという空間にあっても非常識なまでに目立っていた。

佐藤《さとう》と田中《たなか》がマージョリーに求めた「餞別《せんべつ》」は、普段の彼らの調子からすると笑ったかもしれない、思い出作り、という安直なものだった。

二人は空に響く空砲を感じている内に、このミサゴ祭りという日に彼女から別離の宣告を受けたのが、なにか意味のあることのように思えたのである。それに、彼ら自身も、実はこの祭りに、様々な理由から来たことがなかった。未知の世界にマージョリーと飛び込んで暴れる……あるいはこれは、彼らの望んだことの代償《だいしょう》行為なのかもしれなかった。

「姐《あね》さん、あれ金魚すくいって奴《やつ》ですよ」

「金魚ー？　なんだ、赤いじゃない？」

「コレで救って、遊ぶんですね」

「遊ぶって、どうやって」

「救うのが遊びなんだろうさ、ヒッヒッヒ」

ときどき人をぎょっとさせる声を響かせながら、彼らは雑踏《ざっとう》の中に紛《まぎ》れていく。


その彼らを、露店《ろてん》のみで作られた横丁から、一人の少女が見つめていた。

「――！」

スリムな長身に、きれいな淡色《あわいろ》の牡丹《ぼたん》をあしらった浴衣《ゆかた》もよく映える、緒方真竹《おがたまたけ》だった。

彼女は、田中栄太《たなかえいた》を、見た。

ワタアメをどうやって食べて良いか分からず、しかめっ面をする美女に、自分のそれを食いちぎるように食ってみせる田中栄太を、見た。

佐藤啓作《さとうけいさく》は、たこ焼きを買いに行っていて、その場にいなかった。

だから緒方には、
田中栄太が、栗《くり》色の髪の、グラマラスな、外国人の、美女（と認めざるを得ない……）と、二人っきりで、お祭りを、楽しく、過ごしている、
という風に見えた。

それだけを見て、もうそれ以上を見たくなくなった。

「緒方《おがた》さん、どしたの？」

と、傍《かたわ》らの露店から――結局浮いていることが分かって、彼女のグループに誘われた――池《いけ》速人《はやと》が声をかけた。

「ん、な、なんでもない」

緒方は自分でもびっくりするような涙声に驚き、泣き崩れそうな顔を、戯《たわむ》れに買ったお面で隠した。

それは、田中と同じもの。でありながら、それらは並ばず、離れていく。

祭囃子《ばやし》が、罪なく無邪気《むじゃき》に、鳴り響いている。


浴衣《ゆかた》を着たシャナと千草《ちぐさ》が、堤防の上からこの喧騒《けんそう》を眺めていた。

とんでもない声と人と熱意のうねりが両岸の河川敷《かせんじき》に広がる大露店街を埋め尽くし、その端《はし》は波打つように堤防まで押し寄せている。夜の中に光の海が、人間を介してさざめいているようだった。

ここだけではなく御崎《みさき》市駅から大通り、大鉄橋御崎大橋、その両脇の堤防まで、どこから湧《わ》いて出たのか、まったく呆《あき》れるほどの人の数である。

「シャナちゃんりんごアメって、食べたことある？」

問う千草の浴衣は、古布調《ふるぬの》の落ち着いた色と柄、

「りんご味のキャンディー？」

答えたシャナのそれは、鮮やかな緋色《ひいろ》地に白抜きの花柄という、それぞれの好みに合わせた格好である。シャナは長髪を浴衣と同色の紐《ひも》で結い上げて、その全体をまとめている。

千草《ちぐさ》は、急場で着付けた割には上手《うま》くいった少女の艶姿《あですがた》に、笑って答える。

「うふふ、半分正確。実物を見て驚きましょ？」

「うん」

傍《はた》から見ると、手を繋《つな》いだ二人は仲の良い親子連れにしか見えない。とりあえず片方は、そのつもりだった。その種の観念を持たないもう片方としては仲良くすることにはなんの異存もない。二人して、そうそう見ない、人・人・人の溢《あふ》れかえる様を少し感嘆したような目で眺める。

本当は、二人とも来る気はなかった。

千草は当然、意気消沈したシャナを引っ張り出そうとは思っていなかった。一緒にカキ氷でも食べながら、狭いベランダに腰掛けて花火でも見よう、と思っていた。

ところが、二人は帰ってみて驚いた。

食卓の上に、そこら中のパン屋のメロンパンが一個ずつ、山積みになっていたのである。ひ

とっ走りで買って来ることのできる量ではなかった。

その脇に、メモが一枚、置かれていた。

それを開いて見たシャナは何も言わず、
その顔を見た千草《ちぐさ》は、彼女を祭りに誘った。

(悠二の、バカ……)

シャナはこの人込みの中にいるだろう少年のことを想った。折角《せっかく》着た、この服を見て欲しかったが、あえて探さない。いざ悠二に会ったとき、どんな顔をしていいのか……吉田《よしだ》一美《かずみ》に会ったとき、なにを言ってしまうか……自分でも分からないからだった。

(でも、いい)

自分に宛てられたメモの中身を思い出して、胸を温める。

(帰ってきたら、千草を味方につけて、思い切りワーワー言ってやるんだ)

そう思うと、笑みまで浮かべることができた。

千草も、そんな少女に笑いかける。

「もう少ししたら、花火が始まるわね。シャナちゃんは、花火を見たことある?」

「煙吐《は》いて弾ける奴《やつ》なら」

軽く答える、その声に、もう涙の翳《かげ》はない。

千草は満足げに少女の手を引く。

「ふうん、それは日本式じゃないわね」

「うん」

手を繋《つな》いだ二人連れは、足取り軽く石段から河川敷《かせんじき》の人波に合わさっていった。

悠二《ゆうじ》は、時折吉田《よしだ》の歩みに合わせて休憩《きゅうけい》しながら、人込みの中を歩いていた。

「射的ってどう考えてもおかしいよ。あの威力であんな大きな物が倒れるわけがない」

ど真ん中に命中したのにビクともしなかったのを「そういうこともあるよ」の一言で片付けられて悔しがる悠二に、吉田は微笑んで答える。

「でも、本当に狙《ねら》いを正確にしたくらいで景品が倒れたりしたら、お店がやっていけないんじゃないでしょうか」

「うーん、そうだとすると、なんだか騙《だま》されてるような気がするなあ」

「お祭りっていうのは、その、雰囲気を楽しむものだから、景品とかは、別に取らなくてもいいんだと思います」

この雰囲気に浮かされているのか、吉田の口調は、アトリウム・アーチ美術館での初デートのときと比べると遙《はる》かに滑《なめ》らかで、自然に笑うこともできていた。

そんな彼女の笑顔に、悠二も笑い返す。

「たしかに、こういうところにある景品って、普通に店に置いてあっても欲しくならないような物ばかりだなあ……あ」

カキ氷の看板が目に入った。同行の少女の様子を見て、言う。

「吉田《よしだ》さん、ちょっと休む？　カキ氷はどう？」

「はい！」

「だから、そうやって肩肘《ひじ》張らなくても良《い》いってば。何度も訊くけど、本当に欲しい？」

「は、はい、今度は……本当に、好きです」

吉田は真《ま》っ赤《か》になって答える。実は彼女は、歩き始めて早々、悠二《ゆうじ》に勧められたイカ焼きを、苦手だと言えず無理に同意して、数分間これとにらめっこするという失態を演じてしまっていた。

そんなことがあってからは、悠二は彼女を困らせないよう、無闇《むやみ》にものを勧めなくなっていた。そのくせ彼女の疲《つか》れには敏感で、小まめに休憩《きゅうけい》を取り、その際には飲み物などを持ってくる。

（やっぱり、優しいな）

温かなものを胸に抱《いだ》く彼女に、悠二は訊《き》く。

「なんにしようか」

「あの、それじゃ、イチゴで」

「分かった、待ってて」

並びに行く、今日ようやく声をかけられた背中……ミサゴ祭りの、心も弾む楽しい雰囲気……一緒にいるという、かけがえのない充足感……吉田にはその全てが夢のように思えた。

（これが、あんな世界だなんて……信じられない）

カムシンとベヘモットに、早く会いたかった。

早く会って、片眼鏡《モノクル》を返し、そして言いたかった。

「どうもありがとうございました」

と、心からの感謝と、別れの言葉を。

その別れを告げられるべきカムシンとベヘモットは、吉田に指定された待ち合わせ場所から程近い、堤防の土手《どて》に座っていた。

いつもは目立つ第一原因となる長大な布巻き棒も、土手の草に紛《まぎ》らし寝かせているので、誰も気に止めない。暗がりに被《かぶ》ったフードの下を気にする者も、無論ない。

彼らはただの見物人としてあった。

「ああ、これを見ながらの調律実行というのも、また乙《おつ》なものですね」

傍《はた》には独り言でしかない声に、左腕から答えが返る。

「ふむ、おじょうちゃんは、選んだことで幸せを得られたじゃろうか」

「ああ、そうですね。そうであって欲しい。彼女がどんな選択をしたにせよ、結果的に、幸せであって欲しい……」

「ふむ……」

それきり二人は黙り、彼らは今度も守ることのできた、人々の幸せの光景を見た。

数分して、サイレンが鳴る。

「ああ、あれは、なんでしょう」

「ふむ？」

音の割れかけたスピーカーの声に耳を澄ませば、いよいよ祭りのメインイベント、花火の打ち上げが始まるらしい。

「……ああ、なるほど。では我々も、始めますか」

「ふむ、そうじゃのう。さぞかし綺麗《きれい》な、輝きの元に調和が戻るじゃろうて」

カムシンは立って、フードを下ろした。

おもむろに、手に取った棒から布を剝《は》がす。現れたのは、鈍色の無骨な鉄棒。彼らはこれを吉田《よしだ》に鞭《むち》だと説明したが、やはりどこにも可動するような部位はない。

そうして彼は、鉄棒を右手一本で軽く振り上げる。堤防の上には人通りもあったが、彼らがあまりに平然としているせいか、花火の上がる空に注目しているせいか、気にするものは一人もない。

「起動」

カムシンは言い、左手を胸の前に出した。

ボッ、という発火音とともに、掌《てのひら》の上に、野球のボール大の褐色《かっしょく》の炎《ほのお》が点《とも》った。大きさこそ違え、それは昨日《きのう》、少女のイメージから写し取った調和の光景、そのものだった。

「自在式、カデシュの血脈を形成」

ベヘモットの声を受けて、昨日一昨日《おととい》と彼らが鉄棒によって刻みつけた御崎《みさき》市全域のマーキングに、同じ色の光が点《とも》る。それは細かな文字列で描かれた、高度な自在式だった。

「展開」

またカムシンが言うと、掌上の炎が解け、鉄棒に絡《から》まった。この街の調和を表す紋様《もんよう》が、その表面に燃え上がる。

僅《わず》かに周囲の人々から歓声が上がった。どうやらアトラクションか大道芸のように思われているらしい。もちろん、彼らとしてはどちらでも構わなかった。

「自在式、カデシュの血流に同調」

またベヘモットの声を受けて、街全域の自在式が彼らの鉄棒に描かれた調和の紋様と共鳴を開始する。この街を形作る〝存在の力〟が、各所に発生した本来あるべき姿と共鳴し、そこへの懐かしさに向けてなだれ込むように動いてゆく。街全体の歪《ゆが》みが、どんどん矯正《きょうせい》されてゆく。

そこにある人々の、感じていた違和感という名の歪みが、懐かしき姿と調和の元へと戻ってゆく。失われ途切れたものを、懐かしさで癒《いや》し、憩《いこ》いで包み、安心で埋めるように。

これが、調律だった。

「調律、完了」

「自在式、自己崩壊させる」

そうして調和の姿が、完成する

はずだった。

人々の見上げる頭上で、夜空に輝き咲く大輪の花火が、歪《ゆが》んだ。

ここ、当日の話

どことも知れない部屋。その床に壁に天井にいくつも張り付いた、馬鹿のように白けた緑色の紋章《もんしょう》が今、轟々《ごうごう》と稼動を開始していた。紋章自体を構成する炎が火勢を上げただけでなく、紋様同士が歯車のように噛み合い回転する。それはまるで時計の内部を異形の平面図に変えたようにも見えた。

この様を眼前にした白衣の教授が、伸び上がって絶叫する。

「ドォ――――――ミノォオオ――――――!!」

「はあ――――い!!」

その隣に立つ〝燐子《りんね》〟ドミノが、間髪入れず返答する。

「どぉーうです、この稼動《かどう》の様!! エエーキサイティング!! エエークセレント!! でかい歪《ゆが》みにヤマを張って……、……」

「三百三十五回目でふ《す》ひ《ぃ》は《た》ひ《ぃ》ひ《ぃ》は《た》ひ《ぃ》」

マジックハンドで自分の〝燐子〟をつねり上げげつつ、教授は吼《ほ》えた。

「そお――――んなことは私にだって分かっていまあーす!!　そおれよりも、準備は万端《ばんたん》でしょうね!?」

「はあ――――い、教授!　『夜会《やがい》の櫃《ひつ》』、発進準備完了でぇーす!!」

「よおーろしい、おまえにしてはエエークセレントな手際です!!　私はただあーちに発進します、おまえは――――、分かあーって、いますね!?」

「はあーい、このドミノめは、教授に先行して『夜会《やがい》の櫃《ひつ》』の受け入れ準備をば、いたしますでぇーっす!!　はひはひひはひ?」

「誰が私の真似《まね》をしなさいと言いました?　それに、しくじったらもおーっと、痛いですよ?しっかーし、頑張《がんば》ったら、とってもいい子いい子してあげましょーう」

「はあーい、このドミノめにおまかせくだっさーい!!」

喜びの声とともに、ガスタンクのような〝燐子〟は渦《うず》巻く炎《ほのお》の中に消え、一人残った白衣の教授は、自在式の稼動の有様に、にんまりと満足の笑みを浮かべた。

誰もが、夜空に乱れ咲く花火の在り得ない乱舞に釘付《くぎ》けになった。

光の大輪が、渦《うず》巻き、捩《ねじ》くれ、揺らいで跳《は》ねる。

遅れてきた破裂《はれつ》の音が、一つの轟《とどろ》きを大小でたらめに響かせる。

「えっ……？」

千草《ちぐさ》は呆気《あっけ》に取られて、この異常な空を見上げていた。

シャナは彼女と繋《つな》いだ手をしっかりと握り、小さく唸《うな》る。

「調律の失敗？」

数秒して、状況は意外な進展、というよりも混乱を見せ始める。宙に開く光の混沌《こんとん》に唖然《あぜん》としていた人々が、何事もなかったかのように歓声を贈り始めたのだった。歪んだ花火に。次発さえ、すぐ打ち上がった。

「なにが？」

「起こって……ないの、か？」

佐藤《さとう》と田中《たなか》はその奇妙な終息《しゅうそく》の様に違和感を抱《いだ》き、互いに顔を見合わせる。

と、その二人の襟首《えりくび》を、マージョリーが引っ掴《つか》み、楽しげに怒鳴《どな》った。

「あんたたち、まだ、一仕事あるみたいよ!!」

「ヒャーッ、ハーッ!! ったく、なんてえトコだ、この世ってのはよお!?」

契約者の獰猛《どうもう》な笑みに応えて、マルコシアスも狂喜の咆哮《ほうこう》を上げる。

土手《どて》に立つカムシンが苦い顔を作る。調律《ちょうりつ》では起こり得ない現象、その意味するところは、

「奴、ですね……外界宿《アウトロー》で何度となく警告を受けておきながら、不覚でした」

ベヘモットは、不可視《ふかし》の波として空間を渡ってゆく歪《ゆが》みを感じつつ呟《つぶや》く。

「気配を全く感じなかったしのう。この歪みも、いったいなにを狙っておるのか……」

訪れる怪現象に騒ぎ、しかしすぐそれが当然と静まり、また新たな歪みが通り過ぎて驚き、
そしてまた受け入れる……その合間合間、思い出したように上がるいびつな花火とともに、人々は混乱と静穏《せいおん》を延々行き来する。その範囲や歪みの大きさは、加速度的に増しつつあった。

吉田《よしだ》とともにこの中に紛れていた悠二《ゆうじ》は、恐怖と怒りと苦悩を、声に変えた。

「くそっ! そんな……また、またなのか!?」

吉田一美《かずみ》は、その坂井《さかい》悠二の言葉を、奇妙に思った。

それは、異常事態に動揺する他の人々と、違う反応だった。

自分も、他の人たちとは違う感じ方をしている。広がってゆく不気味な、この世の歪みを感じる。当然だった。歪められているのは他でもない、自分のイメージを元にした世界なのだから。自分の思いの変容を、その原因だろうなにかを、おそらくはカムシンらと同じほど鮮明に感じている。あの世界に関わった自分だからこそ、これは感じられるもののはずだった。

なのに、彼は今、なんと言った？

「またなのか」？

なぜ彼は、そんなことを言ったのだろう？

なぜ彼が、そんなことを言えるのだろう？

振った袂《たもと》に、一つの重みを感じる。

反復する混乱の中、なぜか決して使うまいと思っていた『それ』を手に取っていた。

空を染める歪んだ火花や周囲の異常事態……『それ』を使うのは必要なことだと思った。

違う。

確かめたかったのだった。

今、感じている幸せが、儚《はかな》く消えるひどいものではないと。

今、抱いている温かさが、忘れてしまう悲しいものではないと。

吉田一美は、その行為を『良かれ』と思い、選び、そして、見た。

想いを込めて、しかし日々は壊《こわ》れた。
壊れて、そして、終わらず、続いてゆく。
世界は、ただこれからへと、続いてゆく。

あとがき

はじめての方、はじめまして。

久しぶりの方、お久しぶりです。

高橋弥七郎《たかはしやしちろう》です。

また皆様のお目にかかることができました。ありがたいことです。


さて本作は、痛快娯楽アクション小説です。嘘《うそ》です。なんと、今回はアクションシーンがありません。ここは一つ、恋の鞘《さや》当ても心理アクションだと強弁《きょうべん》してみたりします。駄目《だめ》？

テーマは、描写的には「言えるか、言えないか」、内容的には「えらぶ」です。それぞれのキャラクターが、それぞれの立場で、抜き差しならない状況へと追い込まれます。

担当の三木《みき》さんは、非常なアイデアマンです。アレ枕《まくら》やら今度のアレのオマケやら、様々な趣向で読者さんを楽しませてくれます。今回も、砲弾宙にかちあう激戦の結果、水（以下略）。

挿絵《さしえ》のいとうのいぢさんは、凄味《すごみ》のある絵を描かれる方です。〝天目一個《てんもくいっこ》〟やメリヒムは、想像以上の格好良さでした。続くと知らなかったイラストコラムも楽しみにさせていただきます。この度《たび》も、拙作《せっさく》への甚大《じんだい》なる御助力をいただけたことに、深く深く感謝いたします。

県名五十音順に、愛知《あいち》のH橋さん、岡山《おかやま》のA木さん、S利さん、鹿児島《かごしま》のH留さん、神奈川《かながわ》のT塚さん、Y倉さん、京都《きょうと》のM林さん、兵庫《ひょうご》のS田さん、いつも送ってくださる方、初めて送ってくださった方、いずれも大変励みにさせていただいております。どうもありがとうございます。

さて、今回も近況で残りを埋めましょう。映像では爆弾男噴進隊を通して見て、その真っ正直な素晴《すば》らしさに涙したり、本では登別《のぼりべつ》の詩人さんの神謡《しんよう》集を久々に再読して、改めて言葉の威力を感じたり、漫画では泥汚泥を眺めて、その呑気《のんき》で凶暴《きょうぼう》な混沌《こんとん》具合に心を和《なご》ませたりしていました。次回、詩的で正直な爆弾魔が、素晴らしく凶暴な言葉の威力で人々を涙させたり和ませたりします（嘘）。

というわけで、今回もなんとか埋まりました。これからも頑張《がんば》ります（なにを？）。この本を手に取ってくれた読者の皆様に、無上《むじょう》の感謝を、変わらず。
また皆様のお目にかかれる日がありますように。

二〇〇三年十一月　　高橋弥七郎

こんにちは、いとうのいぢです。
この巻末コーナーも２回目となりましたが、相変わらず主旨がよく解らない自己満足ページとなってます。すみません…；

さて今回はこの６巻のもう一人のヒロインである吉田さんを描いてみましたよ。以前描かせて頂いた抱き枕の吉田さんバージョン、みたいなノリで。。
吉田さんは寝る時は絶対ネグリジェじゃなくパジャマだと思うのです（希望）
ブカブカＴシャツに下着だけというのも似合いそうだけど、今回明らかになった弟の存在を考えるとやっぱり何となくコッチかな〜なんて。
しかし今回はほんと吉田さん率高かったな〜と描いてて思いました。

本編がどんどん加熱する中、挿し絵の方もますます頑張っていきますので今年もどうぞよろしくお願いいたします〜！

■NOIZI*ITO WEB■
www.fujitsubo-machine.jp/~ benja

◉高橋弥七郎著作リスト

「A／Bエクストリーム　CASE-314［エンペラー］」（電撃文庫）
「A／Bエクストリーム　ニコラウスの仮面」（同）
「灼眼のシャナ」（同）
「灼眼のシャナ　II」（同）
「灼眼のシャナ　III」（同）
「灼眼のシャナ　IV」（同）
「灼眼のシャナ　V」（同）

本書に対するご意見、ご感想をお寄せください。

■

あて先

〒102-8177 東京都千代田区富士見 2-13-3
電撃文庫編集部
「高橋弥七郎先生」係
「いとうのいぢ先生」係

■

電撃文庫

灼眼《しゃくがん》のシャナVI

高橋弥七郎《たかはしやしちろう》

2004年2月25日　初版発行
2023年10月25日　38版発行

発行者　山下直久
発行　株式会社KADOKAWA
〒102-8177　東京都千代田区富士見2-13-3
0570-002-301（ナビダイヤル）
装丁者　荻窪裕司（META＋MANIERA）
印刷　株式会社KADOKAWA
製本　株式会社KADOKAWA
※本書の無断複製（コピー、スキャン、デジタル化等）並びに無断複製物の譲渡および配信は、著作権法上での例外を除き禁じられています。また、本書を代行業者等の第三者に依頼して複製する行為は、たとえ個人や家庭内での利用であっても一切認められておりません。

●お問い合わせ
https://www.kadokawa.co.jp/（「お問い合わせ」へお進みください）
※内容によっては、お答えできない場合があります。
※サポートは日本国内のみとさせていただきます。
※ Japanese text only

※定価はカバーに表示してあります。

©2004 YASHICHIRO TAKAHASHI
ISBN978-4-04-869449-0　C0193　Printed in Japan

電撃文庫　https://dengekibunko.jp/

電撃文庫創刊に際して

文庫は、我が国にとどまらず、世界の書籍の流れのなかで〝小さな巨人〟としての地位を築いてきた。古今東西の名著を、廉価で手に入りやすい形で提供してきたからこそ、人は文庫を自分の師として、また青春の想い出として、語りついできたのである。

その源を、文化的にはドイツのレクラム文庫に求めるにせよ、規模の上でイギリスのペンギンブックスに求めるにせよ、いま文庫は知識人の層の多様化に従って、ますますその意義を大きくしていると言ってよい。

文庫出版の意味するものは、激動の現代のみならず将来にわたって、大きくなることはあっても、小さくなることはないだろう。

「電撃文庫」は、そのように多様化した対象に応え、歴史に耐えうる作品を収録するのはもちろん、新しい世紀を迎えるにあたって、既成の枠をこえる新鮮で強烈なアイ・オープナーたりたい。

その特異さ故に、この存在は、かつて文庫がはじめて出版世界に登場したときと、同じ戸惑いを読書人に与えるかもしれない。

しかし、〈Changing Times,Changing Publishing〉時代は変わって、出版も変わる。時を重ねるなかで、精神の糧として、心の一隅を占めるものとして、次なる文化の担い手の若者たちに確かな評価を得られると信じて、ここに「電撃文庫」を出版する。

1993年6月10日
角川歴彦